나는 하버드에서도 책을 읽습니다

일러두기

1. 책에 등장하는 주요 인명, 지명, 기관명 등은 국립국어원 외래어표기법을 따랐다.
2. 단행본은 《 》로 표기했으며 단편작품, 노래 제목, 영화, 방송 프로그램 등은 〈 〉로 표기했다.
3. 민족사관고등학교, 듀크대학교, 하버드대학교는 편의상 민사고, 듀크대, 하버드로 표기했다.

나는 하버드에서도
책을 읽습니다

독서 인생 12년차 윤 지의 공부, 밥, 세상 이야기

윤 지 에세이

나무의철학

스스로의 힘으로 이루어낸 기적을 응원하며

윤 지 씨를 처음 만난 곳은 서점에서 열린 북토크에서 였다. 강연을 마치고 서로의 고민을 나누는 시간, 조용히 말문을 연 그는 하버드 로스쿨에 다니는 학생으로 현재 불안증과 우울증을 겪고 있다고 말했다. 솔직히 첫마디에 그에게 관심이 갔던 건 내가 미국 법정 드라마 마니아이기 때문이다. 그러나 드라마 속 야망에 이글거리는 인물들과는 달리, 툭 치면 쓰러질 것 같은 여린 눈빛과 목소리가 마음에 걸려 나는 몇 가지 이야기를, 나름 신중해지려 노력하며 건넸던 기억이 남아 있다.

몇 달 뒤, 그는 나의 새 서점에서 열린 또 다른 북토크에 나타났다. 전보다 훨씬 밝은 표정으로 하버드 기념품 열쇠고리와 엽서를 주었는데, 그 글 속에는 그날의 만남으로 인해 그가 꾸준히 회복해 왔다는 고백이 담겨 있었다. 그날 이후 더 많은 책을 읽기 시작했고, 서평을 남겼으며, 주변 사람들에게까지 책을 추천하기 시작했다고.

사실 그 도전과 변화에 내가 차지하는 비중은 절대 클 리가 없다. 그 모든 기적은 스스로의 힘으로 이루어낸 것이다. 게다가 그는 모르겠지만, 그날의 환해진 표정은 나에게도 기억에 남을 큰 선물이 되었다.

원고를 읽으며 다시 한 번 그 순수하고 소중한 마음의 기록들을 살펴볼 수 있었다. 언제나 힘껏 달려야만 할 것 같은, 숨 쉬는 법을 잊을 것만 같은 부담감에서 벗어날 수 있는 완벽한 방법은 없다. 때로는 많은 일들이 어렵고 고통스럽지만, 마음이 가는 책을 읽고 글을 쓰는 것, 생각하고 이를 나누는 것이 좋은 회복의 방법 중 하나가 될 수 있다는 걸 알려준 작가에게 고맙다.

김소영, 책발전소 대표 · 방송인

책이 있어 나라는 사람을
더 잘 알 수 있었습니다

2017년 8월 25일 열린 하버드 로스쿨 입학 오리엔테이션. 벌써 2년이 지났지만 아직도 이날의 기억이 생생하다. 모든 것이 낯설고 두렵고 긴장되었다. 치열한 경쟁 끝에 이곳에 도착했지만, 이곳에서 또 다른 경쟁이 시작될 것이라는 직감을 공기의 흐름을 통해 느낄 수 있었다.

미국 내 여러 로스쿨 정원이 대체로 학년당 100~200명인 데 비해 하버드 로스쿨은 학년당 학생 수가 500명 이상이다. 하버드에서는 이 많은 학생들이 교수진과 최대한 자주 교류할 수 있도록 지원하기 위해 1학년을 80명씩 일곱 개 섹션으로 나눈다. 나는 '섹션 6'으로 배정되었다.

처음 만나는 사람들로 가득한 넓은 교실에서 간단하게 자기소개가 시작되었고, 어느새 내가 이 섹션에서 막내라는 사실을 깨달았다. 몇 년 전까지만 해도 입학생의 80퍼센트가 대학교를 졸업하고 바로 로스쿨에 진학하는 '스트레이트 쓰루straight through'였는데,

지금은 대학교 졸업 후 일을 몇 년 하고 로스쿨에 입학하는 사람들이 주를 이룬다. 학교 홈페이지에도 실무 경험을 중요하게 여긴다고 공지를 해두었던 터라, 대학교를 1년 조기 졸업하고 바로 로스쿨에 입학한 내가 막내뻘인 건 어쩌면 낭연한 결과일지도 모르겠다.

우리 섹션의 지도 교수님이자 섹션 리더라 불리는 존 핸슨 교수님이 열심히 우리의 긴장을 풀어주려고 하셨지만, 내 머릿속에는 온통 불안한 생각뿐이었다. 내가 어쩌다가 여기까지 왔지? 혹시 전산 오류가 있었던 건 아닐까? 여기 같이 앉아 있는 동기들은 다들 엄청 대단한 커리어를 가진 사람들이겠지? 이곳에서 내가 살아남을 수 있을까?

겉으로는 침착한 척했지만 속은 바싹바싹 타들어가고 있는데, 핸슨 교수님이 우리에게 종이를 한 장씩 나눠주셨다. 교수님은 학생들에게 로스쿨에 온 이유, 앞으로 3년 동안 이 학교에서 얻고자

하는 것, 지금 나에게 가장 중요한 가치, 어떤 법조인이 되고 싶은지 등을 써보라고 하셨다. 그리고 이 종이는 교수님이 다시 걷은 다음, 우리가 졸업할 때 돌려주신다고 하셨다. 교수님은 오랫동안 이곳에서 많은 학생을 가르쳐보니, 3년 동안 자신도 모르게 변해버린 스스로를 마주할 때 학생들이 가장 힘들어하더라고 말씀하셨다. 누구나 저마다의 열정과 꿈을 가지고 하버드 로스쿨에 지원했을 텐데, 여러 가지 이유로 이리저리 흔들리다가 자신도 모르는 사이에 처음 가졌던 꿈은 물론 자기 자신까지 잃어가는 모습을 수없이 보았다며, 지도 교수로서 너무나 안타깝다고도 하셨다. 고민 끝에, 신입생들에게 가치관과 목표를 직접 쓰게 하고 졸업식 때 돌려준다고 하면 80명 중 몇 명이라도 초심을 기억하며 자신을 굳건하게 지켜나갈 수 있지 않을까 싶어 이런 과제를 내신 것이었다.

이제 막 입학해 교수님께서 내주신 첫 과제를 할 때만 해도 나와 동기들은 이런 활동이 재미있다고 여겼다. '오리엔테이션이 다 이렇지 뭐' 하면서 종이를 앞에 두고 나름 진지하게 고민하면서도, 한편으로는 3년이 그리 긴 시간도 아닌데 그사이에 생각이 바뀌어 봤자 얼마나 바뀔까 싶은 의구심도 들었다.

내가 그때 적었던 내용은 인간관계와 사람의 감정을 중요하게 여기는 법조인, 꿈을 좇느라 지금까지 나를 응원해준 이들을 잊지 말 것, 법은 결국 사람과 사람을 연결시켜주는 도구일 뿐 법 자체에만 집중하느라 사람을 잊지 말자 등이었다.

해마다 수천 명이 이곳에서 힘겹게 적응하면서도 자신을 지키려고 애를 쓴다. 그 과정을 오래 지켜봐오신 교수님의 과제를 가볍게만 생각했던 내가, 지금은 참 어리석게 느껴진다. 나 역시 예외는 아니어서 지난 2년 동안 온갖 고민과 이런저런 조언에 갈대처럼 흔들렸다. 읽어도 읽어도 끝이 보이지 않는 리딩과 콜드콜cold call의 긴장 때문에 내가 지금 무슨 공부를 하고 있는지, 어떤 분야가 더 마음에 드는지 생각할 겨를 같은 건 아예 없었다. 참고로 콜드콜이란 수업 시간에 교수가 학생을 무작위로 골라 질문하는 수업 방식을 말한다.

1학년 1학기가 끝날 때쯤에는 다음 해 여름에 일할 곳을 찾아야 했다. 나는 어느 분야의 법을 다루고 싶은지 제대로 고민하지도 못하고 지원서를 내기 시작했다. 입학 당시에는 정말 많은 동기들이 정부기관이나 NGO에서 공익을 위해 일하길 희망했는데, 학교에서 대형 로펌에 취업할 수 있는 기회를 많이 제공하는데다 현실적으로도 취업 후에는 엄청난 학자금 대출을 갚아야 하는 경우가 태반이라, 많은 학생들이 대형 로펌으로 진로를 바꾼다. 이러한 흐름에 휩쓸리지 않고 공익 분야에서 일하기 위해 묵묵히 나아가는 동기들이 새삼 대단해 보인다.

나는 '로스쿨 졸업 후 어떤 법조인이 되겠다'라는 목표가 없는 상태로 입학했기 때문에 유난히 더 흔들렸다. 사람을 위해 일하고 싶은 마음은 변함이 없었지만 더 좋은 로펌, 더 많은 연봉, 더 주목받는 위치에 오르기 위해 피나게 노력하는 동기들을 보며 나도 모르게 이전에는 한 번도 생각해보지 않았던 꿈을 꾸기 시작했다. 로스쿨 졸업 후 한국으로 돌아가고 싶었던 나는 어느새 미국 로펌 취업을 위해 눈물을 흘리고 있었다. 부모님은 애초에 미국에서 일하고 싶어하지도 않았으면서 왜 그렇게 미국 취업에 매달리느냐고 물으실 정도였다.

하버드 로스쿨 특유의 분위기 때문이었을까. 입학 당시 많은 학생들의 꿈이 로펌이 아니었음에도 어느 순간부터 우리는 뉴욕에 있는, 매출액과 인지도가 높은 로펌에 취직해야 할 것 같은 압박에 시달렸다. 혼란스러웠던 1학년 말, 미국 로펌 취업이 확정되고 동기들끼리 맥주를 마시며 우리 모두 그때는 왜 그렇게까지 순위, 성공, 타인의 시선, 연봉, 뉴욕이라는 도시에 집착했을까 하며 웃었다. 아마 핸슨 교수님이 우리에게 조언하셨던 3년 뒤의 혼란이 이런 것이지 않았을까.

지금 돌이켜보니, 이 폭풍 같던 시기에 나를 완전히 잃어버리진 않았다는 점이 참 다행이다. 동기들이 많이 참여한다는 이유로 별 관심 없던 행사에 기웃거리기도 했고 하버드 로 리뷰Harvard Law Review나 무트 코트Moot Court처럼 사회에서 인정하는, 그래서 학내에서도 경쟁이 치열한 활동에 지원해야 하나 고민할 때도 많았다.

자꾸 앞만 보고 달려가느라 어릴 때부터 가졌던 꿈과 중요하게 여겨온 가치를 잊지 않기 위해 내가 선택한 방법은 바로 책 읽기였다. 처음부터 어떤 거창한 목표를 가지고 책을 읽은 건 아니었다. 어릴 때부터 워낙 책 읽기를 좋아했기 때문에 책은 언제나 내곁에 있었다. 공부가 힘들거나 인간관계에 지치면 침대 속으로 기어들어가 허리까지 이불을 덮고 베개에 기댄 채 책을 읽었다. 내가 지금 어디로 가고 있는지 혼란스러울 때도 책을 펼쳤다.

학교 생활에 집중하다 보면 자연스럽게 내 눈앞에 보이는 세상이 전부라고 착각하기 쉬웠다. 하지만 책을 읽을 때면 세상에는 정말 다양한 사람들이 저마다의 삶을 꾸려가고 있다는 사실을 상기시킬 수 있었다.

때로는 내가 하는 고민을 다른 누군가도 똑같이 하고 있다는 사실을 알고 위로받기도 했다. 미셸 오바마는《비커밍》을 통해 자신은 깊은 고민 없이 친구들을 따라 하버드 로스쿨에 지원했다고 밝혔다. 그녀는 뚜렷한 목적의식 없이 진학한 학교에서 공부할 이유와 법의 의미를 찾지 못했지만, 어릴 때부터 최고가 되기 위해 달려온 습관 덕분에 졸업 후 유명한 로펌에 어렵지 않게 입사할 수 있었다.

하지만 미셸은 어느 순간부터 시카고 전경이 한눈에 내려다보이는 47층 사무실에서 벗어나 사람들과 직접 소통하며 살고 싶다는 꿈을 갖게 된다. 물론 엄청난 학자금 대출금을 갚을 수 있고 대형 로펌 변호사로 화려한 삶을 살 수 있게 해주는 고액 연봉은 쉽게 뿌리칠 수 있는 유혹이 아니었다. 미셸은 오랫동안 망설이고 고민했지만, 결국 버락 오바마의 따뜻한 지지와 마음의 소리를 따라 로펌을 퇴사한다.

나만 줏대 없이 자꾸 흔들리는 건지 의기소침해질 때마다 미셸 오바마를 떠올리면 힘과 용기가 생긴다. 내가 앞으로 살아가면서 어떤 선택을 하게 될지는 모르지만, 미셸처럼 내 결정이 그 순간의 내 가치관과 꿈과 일치하기를 바랄 뿐이다.

솔직히 모든 사람들이 반드시 책을 읽어야 한다고 생각하지 않는다. 세상에는 책만 펼치면 머리가 지끈거리는 사람도 있을 테니까. 그런데 왜 나는 이런 책을 쓰게 되었을까. 내가 비록 인생을 오래 산 것은 아니지만, 살다 보면 흔들리는 순간이 너무 많다는 것을 깨달았기 때문이다. 내 꿈이 아닌 다른 사람의 꿈을 꿀 때도 있고, 나는 동의하지 않지만 어쩔 수 없이 연장자나 윗사람, 공동체의 뜻을 따를 수밖에 없는 순간도 정말 많다.

　나는 그런 순간마다 나 자신을 지키기 위해 책을 읽었다. 책을 읽으며 내 생각에 확신을 가질 수 있었고, 나와 다른 상황에 놓인 사람을 이해할 수 있었다. 책을 통해 한 번도 해본 적 없는 생각을 할 수 있었고, 책이 있어 내가 경험하지 못한 세상을 만날 수 있었다. 이런 시간이 차곡차곡 쌓이면서 나의 내면이 더 단단해졌고, 나의 생각이 더 넓어졌고, 나의 이해가 더 깊어졌다고 확신할 수 있다. 물론 지금도 여전히 부족한 점이 많은 젊은이이지만.

　2018년 초, 지금까지 내게 힘과 용기를 준 책들을 알리고 싶다는 마음으로 SNS에 짬짬이 서평을 올리기 시작했다. 그런데 멋진 서평도, 통찰력 있는 비평도 아니었지만 내가 틈틈이 올리는 글을 읽으며 위로받는다는 댓글을 보면서, 어느 순간 내가 위로를 받게 되었다. 무엇보다, 베스트셀러가 아니어도 깊은 울림을 줄 수 있는 책들을 알게 되었다는 인사가 감동적이었다. 대단하지도, 특별하지도 않은 내 서평과 책 소개가 누군가에게는 큰 힘이 될 수 있다는 생각에 꾸준히 책을 읽고 글을 쓰다 보니 어느새 150편이 넘는 서평을 남기게 되었다.

《나는 하버드에서도 책을 읽습니다》는 이 글들을 엮어서 더 많은 사람들에게 따뜻한 위로를 건네고 싶다는 바람의 결과물이다. 내가 그동안 많은 책을 읽으며 고민했던 순간, 뼈저리게 공감했던 구절, 설득되었던 목소리, 가슴 따뜻해졌던 시간을 담았다.

제목에 대해 잠시 언급해야겠다. 혹시 제목을 보고 하버드 학습법, 하버드 로스쿨 입학하는 법 같은 정보를 얻을 수 있을까 기대한 분이 있다면 미리 죄송하다는 말씀을 전한다. 나는 많은 사람들이 화려하다고 생각하는 스펙을 내세워 내 자랑을 하고 싶지도, 공부벌레가 되는 방법을 소개하고 싶지도 않고 그런 방법을 소개할 수 있는 사람도 아니다. 우선 나 자신이 공부벌레가 아니고, 학벌이 그렇게 중요하다고 생각하지도 않기 때문이다. 편집장님의 간곡한 설득으로 이 제목에 동의했지만, 많은 분들이 '하버드'보다 '책'을 주목해주셨으면 하는 것이 나의 진심이다.

노래든 공연이든 드라마든 여행이든, 나를 찾고 나를 잘 알게 해주는 방법은 무궁무진하다. 하지만 나에게는 책이 가장 큰 나침반이 되어주었다. 부족한 점이 많지만 최선을 다해 나의 솔직한 마음과 일상을 담았다. 나의 수많은 시행착오, 어쩌면 많은 사람들이 궁금해할 민사고와 하버드 로스쿨의 이면, 책을 읽으며 울고 아파하고 분노하고 후회하고 반성했던 나의 솔직한 고백을 통해 단 한 사람이라도 조금이나마 웃을 수 있었으면 좋겠다.

1장

책을 읽으며 세상을 공부합니다

민사고가
궁금하신가요?

기상송이 요란하게 울린다. 벌써 여섯 시가 되었나보다. 방송반에서 학생들에게 신청곡을 받아 매일 아침 기상송을 틀어주는데, 어떤 날은 우리를 웃게 해주려고 학생들이 직접 녹음한 노래를 내보내기도 한다. 솔직히 재미있다기보다는 피곤해서 짜증이 날 때가 더 많지만, 어쨌거나 민사고의 아침은 기상송으로 시작된다.

종이 울리면 비몽사몽으로 이층 침대에서 조심조심 내려온다. 예전에 급하게 내려오다가 몇 계단을 구르는 바람에, 몇 주 동안 허벅지 뒤쪽에 멍이 심하게 든 적이 있다.

이곳에서는 여섯 명이 각 호별로 지낸다. 양쪽 방에 세 명씩 살면서 호 가운데 있는 복도와 화장실을 함께 쓴다. 호마다 가장 잘 일어나는 아이가 호 전체를 깨우면 다 같이 아침 운동을 하러 간다. 보통 1학년은 검도나 태권도, 2학년은 조깅, 3학년은 체조를 한다. 내 룸메이트처럼 아침에 몇 분이라도 더 자기 위해 밤에 검도복을 입은 채로 바닥에서 자는 친구들도 있다.

혹시 사람들은 검도복이 바지인지 치마인지 알고 있을까? 나는 이유는 모르겠지만 검도복은 당연히 치마일 거라 생각했다. 1학년 아침 운동 첫날 한쪽 다리에 두 다리를 넣고 펭귄처럼 뒤뚱대며 체육관까지 간 적이 있는데, 다른 친구들을 보니 뭔가 이상해서 같이 가던 친구에게 물었다가 3초간 정적이 흘렀다. 이 일로 얼마나 오랫동안 바보 소리를 들었는지.

'민사고 3년' 하면 가장 먼저 매일 아침마다 같은 방 친구들을 깨우고 옷을 갈아입을 때까지 기다렸다가 소등을 하고 체육관으로 향하던 기억이 난다. 3년 내내 새벽마다 온몸으로 맞았던 강원도 산골 칼바람을 양으로 환산하면 얼마나 될까?

참고로 소등을 하지 않았다는 게 발각되면 즉시 벌점을 받는다. 청소 불량, 기물 파손, 연애, 선생님 말씀 불복종, 지각 등 벌점을 받는 항목은 정말 많다. 이곳에서는 매주 목요일 1자습마다 학생회 사법부에서 진행하는 '법정'이 열린다. 만약 그 주에 교칙을 위반하면 귀한 자습 시간을 날려가며 자신이 어긴 항목에 대한 벌점을 받으러 법정으로 간다.

체육관까지는 서둘러 가도 5~7분은 걸린다. 잠에서 덜 깬 아이들이 눈도 제대로 못 뜬 채 체육관으로 향하는 걸 쉽게 볼 수 있다. 나는 1학년 초에 아침기를 가다가 양볼에 동상이 걸렸던 적이 있다. (참고로 민사고에서는 아침 운동을 아침기라고 부른다.) 아침기를 마치고 기숙사 12층 식당에서 아침 식사를 하고 방으로 내려왔는데, 양 볼이 불타는 고구마처럼 변해 있었다. 며칠간 얼굴이 계속 따가워 병원에 가니 의사 선생님이 의아해하며 요즘 같은 시대에 대체 어디서 지냈기에 볼에 동상이 걸렸냐고 물으셨다.

아침 식사를 마치고 방으로 돌아오면 수업 전까지 잠깐 여유가 생긴다. 대부분의 친구들은 아침을 안 먹고 바로 방으로 돌아와서 다시 잔다. 특히 겨울에 난방을 빵빵하게 틀어놓고 바닥에 큰 대 자로 누우면 천국이 따로 없다. 어떤 친구는 일주일 식단표를 미리 확인해 좋아하지 않는 메뉴가 나오는 날이면 전날 밤에 받은 빵을 먹기도 한다.

오후 일곱 시부터 시작되는 1자습이 끝나고 아홉 시가 되면 사감 선생님께 문안을 드리는데, 이걸 혼정 시간이라고 한다. 이때 여학생, 남학생끼리 따로 모여 동아리와 학생회 공지사항을 듣고 선생님께 인사를 드린 뒤 식당에서 제빵사분들이 구워주시는 빵과 우유를 먹는다. 빵은 매일 바뀌는데 나는 개인적으로 깨찰빵을 제일 좋아한다. 평소에는 흰 우유가 나오는데 가끔 초코 우유나 바나나 우유가 나오면 학생들이 몇 개씩 집어가서 후배들은 못 먹을 때도 있다. 급식으로 치킨이 나올 때도 후배들에게 많이 미안해진다. 그래도 매달 학년별로 급식 순서가 바뀌어서 다행이다. 어느

학교든 급식은 매우 중요한 문제인 것 같다.

학교 수업은 8교시까지 있고, 1교시 시작 전에 어바 타임을 갖는다. 10~20분 정도 어드바이저 선생님과 보내는 시간을 어바 타임이라고 하는데, 일반 고등학교의 담임 선생님을 이곳에서는 어드바이저 선생님이라고 부른다. 대부분은 이 시간에 부족한 잠을 마저 잔다. 이 시간에 가끔 학급별 공지사항이 전달되기도 한다.

우리 학교는 워낙 넓어서 만약 산 아래에 있는 다산관, 충무관에서 한 수업이 끝나고 다음 수업을 산 위에 있는 민교관, 영교관, 체육관에서 듣게 되면 쉬는 시간이 산 타기 시간이 되어버린다. 겨울에는 눈이 워낙 많이 오고 길도 다 얼어서 학교에서 나무마다 밧줄을 묶어준다. 미끄러지지 않게 다들 밧줄을 잡고 이동하지만, 그래도 다리를 다쳐 목발을 집는 학생들이 해마다 꼭 생긴다.

민사고에서는 본인이 원하는 과목으로 수강 신청을 할 수 있어서 학생들마다 시간표가 다른 편이다. 과학, 사회, 인문, 역사, 수학 등 다양한 과목이 세부적으로 나뉘어 있어서 선택지도 넓은 편이다. 또 국내 진학반, 국제 진학반으로 구분돼 있어서 국어, 수학, 영어는 국내반, 국제반끼리 모여 듣는다. 진학반은 언제든지 옮길 수 있어서 꽤 많은 학생들이 진로를 바꾸기도 한다.

대신 수학은 진도가 완전히 달라서 본인이 따라잡으려면 부단히 노력해야 한다. 나는 전형적인 문과생이어서 법, 사회, 영문학

기초, 미국사 등을 수강했고 과학 영역도 하나는 들어야 해서 그나마 외울 수 있는 생물을 골랐다.

선생님이 개별적으로 선정하시는 필독서 중에 지금도 뇌리에 남아 있을 정도로 나를 흔들어놓았던 책이 몇 권 있다. 하퍼 리의 《앵무새 죽이기》는 내가 법과 정의에 관심을 가지는 계기가 되었다. 앨리스 워커의 《더 컬러 퍼플》은 여성이라는 이유로 존엄한 인간으로서의 삶을 박탈당한 채 살아가는 주인공 셀리를 통해 사회에 분노를 느끼게 해주었다.

숱한 실패와 좌절에도 불구하고 다시 일어나 역동적으로 도전하는 주인공을 통해 "인간은 파괴될 수 있어도 패하지는 않지"라는 명언을 남긴 어니스트 헤밍웨이의 《노인과 바다》, 언제 읽어도 마음이 포근해지는 포리스트 카터의 《내 영혼이 따뜻했던 날들》 등도 빼놓을 수 없다.

민사고는 도서관 시설이 정말 잘 갖춰져 있어서 시도 때도 없이 책을 빌려 읽곤 했다. 미야베 미유키의 《화차》를 읽을 때는 마지막 반전에 씩씩대며 분노하던 기억이 생생하다. 드라마로도 제작된 《성균관 유생들의 나날》을 읽으며 시험으로 피폐해진 마음을 조금이나마 달달하게 채우기도 했다.

많은 사람들이 생각하는 것과 달리 민사고 학생들이 다들 치열하게 공부만 하진 않는다. 남학생들 중에는 일반고에 진학했다면 상상도 못 했을 만큼 게임을 많이 하는 친구들도 있다. 시험 기간이 끝나면 너 나 할 것 없이 밀린 드라마나 영화를 본다. 학교가 동아리 활동에 투자를 많이 해서인지 학교 생활을 하는 틈틈이 운동이나 공연, 연구 등을 하며 논문을 써서 여러 대회에 참가하는 학생들도 있다.

대학처럼 공강 시간도 있는데, 나는 공강 시간을 비롯해 고등학교 3년 대부분을 배구부 활동에 쏟아부었다 해도 과언이 아니다. 1학년 때 운동을 하고는 싶은데 다른 친구들처럼 꾸준히 하던 운동이 없다 보니 상대적으로 부담이 적은 배구를 골랐다. 운이 좋게도 1학년에서는 한 명만 출전할 수 있는 도민체전에 나갈 수 있었는데, 경기는 뛰지 못했지만 선배들과 친분도 쌓고 배구부에 애정이 생겨 부장도 하면서 학교를 졸업할 때까지 동아리 활동을 했다.

많은 학생들은 학교 일과가 끝나면 주로 운동을 한다. 그런데 배구부와 농구부는 체육관을 같이 쓰다 보니 저녁에 체육관을 먼저 선점하는 것이 아주 중요하다. 민사고에서 공부만 하는 애들한테 체육관이 뭐가 중요하냐고 생각할 수도 있지만, 식당에서 주장들끼리 진지하게 회의해 체육관 이용 시간과 공간을 정하는 경우가 꽤 많다. 연습 공간을 확보하기 위해 남자 배구부 주장과 함께 저녁을 얼마나 굶었던지.

1년에 한 번 있는 강원도민체전에 참가하는 운동부들은 입상을 하기 위해 그야말로 죽기 살기로 연습한다. 살면서 언제 이렇게 피 말리는 긴장감과 팀워크를 느껴볼까 싶을 정도다. 간혹 상대 팀 선수들 중에는 우리를 보고 공부만 하는 애들이 괜히 대회에 출전해서 나댄다고 욕을 하는 경우도 있다. 물론 이력서에 대외활동 경험 한 줄을 넣기 위해 대회에 나가는 학생들도 있지만, 대부분은 정말 순수한 열정으로 경기를 뛴다. 이기면 다들 부둥켜안고 눈물을 흘리며 기뻐했고, 지면 팀원들에 대한 미안함과 아쉬움으로 통곡을 했다. 내가 학생이었을 때는 원통고등학교 여자 배구부에 져서 한 번도 금상을 타지 못했다. 3년 내내 양팔에 피멍투성이였지만, 내 고등학교 3년을 통틀어 가장 잘한 선택 중 하나가 배구부 활동이었다.

　어쩌면 민사고 학생들처럼 운동이나 원하는 취미 활동에 몰두할 수 없는 학생들이 더 많을지도 모르겠다. 일단 민사고 학생들은 다 같이 기숙사 생활을 하고 있고, 학교가 강원도 산속에 자리잡고 있는 것도 무시할 수 없을 것이다. 어쩌면 시간 배분을 잘하고 공부 효율성이 높은 똑똑한 친구들이 많이 모여 있어서 가능한 일일 수도 있다.

　그렇다고 민사고에 천재들만 모여 있느냐, 하면 그건 당연히 아니다. 민사고에도 유별나게 머리가 좋은 친구들이 있고, 나 같은 노력파도 있다. 선생님들이 자습 시간에 감시를 하지 않고 전적으로 자율에 맡기기 때문에 잠을 자거나 인터넷을 해도 잘 걸리지 않는 상황에서, 이 시간에 온전히 공부를 하는 친구들을 보면 정말 대단하다는 생각이 든다.

참고로 나는 잠이 너무나 중요한 사람이라 최소 여섯 시간 수면을 확보하기 위해 3년 내내 열두 시 취침을 칼같이 지켰다. 친구의 시험 공부를 도와주기 위해 딱 두 번 새벽까지 같이 공부한 날 외에는 대부분 1, 2 자습 시간에 미친듯이 공부하고 2자습이 끝나면 곧바로 침대에 눕곤 했다. 남들보다 상대적으로 많이 자는 나도 수업 시간에 졸려 죽을 것 같았는데, 이 시간에도 공부하는 친구들을 보면 새삼 존경스럽다. 특히 컴퓨터 프로그래밍이나 수학에 관심이 많은 친구들은 공강 시간에도 선생님을 찾아가 여러 이론에 대해 질문을 하거나 토론을 벌이곤 했는데, 지금 보니 이런 친구들이 결국에는 자기 분야에서 탁월한 자질을 발휘하는 것 같다.

민사고 하면 빠질 수 없는 것 중에 한복 교복이 있다. 다른 학교 교복처럼 예쁜 옷을 입고 싶은 마음도 있지만, 우리 교복에도 나름의 장점이 있다. 남학생들은 계량한복을 입고 축구를 하면 그렇게 편할 수가 없다 하고, 여학생들은 살이 쪄도 티가 나지 않아서 좋아한다. 민사고는 각 기수마다 교복 디자인이 달라서 윗기수 선배들의 교복을 물려받는 친구는 질투를 받기도 한다. 디자인이 예쁜 교복은 아무래도 드물어서 인기가 많고 그만큼 비싸다. 물론 친한 선배가 있으면 공짜로 물려받기도 한다.

교복 종류가 다양해서 정신이 없을 때는 위아래를 헷갈리기도 한다. 한번은 급하게 교복을 입다가 상의는 검은색 하의는 파란색이어야 하는데, 위아래를 모두 검은색으로 입는 바람에 친구들이 저승사자냐고 놀리기도 했다.

어떤 사람들은 우리 학교를 '한복 입고 공부하는 아이들이 모인 특이한 곳'이라고 여길지도 모르겠다. 나에게 민사고는 여느 고등학교처럼 재미있는 에피소드가 넘쳐나는, 말 그대로 나의 '고등학교'이다. 전국 각지에서 뚜렷한 개성을 가진 친구들이 모인 곳이라, 동기들과 대화를 하다 보면 저마다 떠올리는 민사고에 대한 이미지도 정말 다양하다.

나에게 민사고는 애증의 대상이다. 아쉽고 답답한 부분도 많아서 친구들끼리 툭하면 '빠졸답(빠른 졸업이 답이다)'이라고도 했지만, 정말 사랑스럽고 똑똑하고 다재다능한 친구들을 많이 만난 소중한 곳이기도 하다. 다른 학교에 진학했다면 하지 못했을 경험도 많이 했고, 지금의 내가 있기까지 숱한 영향을 미친 모교이기도 하다.

개인적으로 민사고에서 보낸 3년을 100퍼센트 행복하고 좋았던 추억으로만 기억하지 않는 나에게도 재미있는 에피소드가 많으니, 혹시 주변에서 민사고 출신을 만나게 되면 그 사람의 추억을 물어

봐도 좋을 것 같다. '민사인'의 한 사람이자 민사고를 사랑하는 졸업생으로서 많은 분들이 민사고를 한복, 귀족 학교, 공부벌레 집합소 같은 딱딱한 이미지만으로 생각하지 않으셨으면 좋겠다.

나보다
조금 더 높은 곳에 네가 있을 뿐

저녁 여섯 시, 불을 끄고 커튼을 닫고 침대에 눕는다. 잠들기엔 아직 이른 시간이지만 상관없다. 쓰러질 것 같던 순간을 하루종일 악착같이 버텨냈더니 눈앞이 어지럽고 머리가 띵해서 더 이상 앉아 있기조차 힘들다.

침대에 눕기만 하면 기절할 듯 곧바로 잠들 것 같았는데 막상 누우면 잠이 오지 않는다. 이리저리 뒤척이며 시간을 보내다 보면 꿈을 꾸는 것처럼 눈앞에 뭔가가 펼쳐지는 듯하다. 보이지 않아야 할 사람들이 보이면서 마치 연극처럼 상황이 계속 바뀌니 당연히 꿈이라는 건 안다. 신기한 건 내 방도 같이 보인다는 거다. 인형을 꽉 잡은 손, 이불을 쓰다듬는 손도 겹쳐 보인다. 잠을 자는 것도 깨어 있는 것도 아닌, 그 중간 지점 어딘가에서 홀로 헤매는 듯한 느낌에 시달리다 보면 어느 순간 지쳐서 결국 눈을 뜬다. 다시 눈을 감지만 않으면 계속 깨어 있을 수 있다. 그래도 어제 못 잔 잠을 이렇게라도 보충하면 쓰러질 것 같은 상태는 벗어날 수 있다.

나는 평소에도 불면증에 자주 시달리지만, 이날은 정말 피곤했다. 부족한 잠을 보충하기 위해 간신히 손을 뻗어 알람을 맞추고 그대로 뻗어버렸다. 그런데 꿈인지 생시인지, 어느새 나는 낯선 곳을 헤매고 있었다. 오랫동안 나가지 않았던 성당이 갑자기 나타나자, 나도 모르게 성당 안으로 들어갔다. 단무지 색처럼 누런 빛으로 가득한, 천장이 높고 넓은 성전 한구석에 자리를 잡았다. 괜히 눈치가 보여 주변을 살피면서도 내가 왜 여기 있는지 혼란스러워하던 차에, 누군가 내 이름을 불렀다.

황급히 소리가 나는 쪽으로 고개를 돌리니 후배가 서 있었다. 마지막으로 만났을 때보다 머리가 많이 길어 얼굴을 제법 가리고 있었지만 반듯하고 따뜻하고 밝고 잘생긴 모습은 그대로였다. "와, 윤지 선배를 여기서 다 보네요!"라며 사슴 같은 큰 눈망울로 나를 반기는데, 나도 모르게 눈물이 왈칵 쏟아져 나왔다. 두 손으로 얼굴을 가리고 목놓아 우는데 "선배 괜찮아요?" 하는 후배의 목소리가 점점 멀어지더니, 요란하게 울리는 알람 소리에 화들짝 놀라 깨어났다.

멍하니 눈가를 만져보니 내가 정말로 울고 있었다. 몇 시간이 지나도 먹먹한 가슴이 풀리지 않아 글이라도 쓰지 않으면 견딜 수가 없을 것 같았다. 몇 년 전 겨울, 민사고 후배 한 명이 꿈에 그리던 대학 생활을 하던 중 세상을 떠났다. 후배의 사망 소식은 동문들 사이에 빠르게 전해졌고 어느새 내 귀에도 들어왔다. 너무나 똑똑하고 성실하고 다정하고 착해서 완벽해 보이기만 했던 후배인데 대체 무슨 이유로 그런 선택을 한 건지, 모두가 충격에 휩싸였다. 후배와 아주 많이 친하지는 않았던 나조차 마음이 무너져내리는 것 같았고 한동안 슬픔에 잠겨 시도 때도 없이 눈물이 흘렀다.

그런 후배가 어째서 내 꿈에 찾아왔던 걸까. 그 꿈은 정말 내가 꾼 꿈이었을까. 솔직히 말하면, 몇 달 전에 나는 당시 후배가 내린 선택을 부러워했다.

한동안은 정말로 그랬다. 그때는 내가 온 마음을 다해 사랑했던 사람들이 나에게 온갖 망가진 감정을 던져댄다고 느꼈다. 이 감정을 받아달라고 전하는 건지 어디 한번 맞아보라고 던지는 건지 헷갈릴 정도로, 사방에서 온갖 감정이 날아와 꽂혔다.

그래도 나는 잔잔한 미소를 머금은 채 사방에서 날아오는 감정들을 내 안에 차곡차곡 채워갔다. 때로는 내 안에 쌓이는 사람들의 근심, 걱정, 한탄, 비통함, 분노가 버거워 죄다 털어내고 싶었다. 혼자 감당하기가 벅찰 때는 펑펑 울면서 감정을 흘려보내는 식으로 버티곤 했다.

한동안 금방이라도 질식해 죽을 것 같은 시간이 이어졌다. 살고는 싶은데 나 혼자 살 수는 없을 것 같아서, 주변에서 버둥거리는 사람들의 손을 하나도 놓치지 않으려 애를 썼다. 그러다 보니 어느 새 나도 같이 가라앉고 있었다. '토해내자, 꺼내자, 드러내자, 표현 하자'라고 스스로에게 주문을 걸어 수천 번씩 나를 다시 일으켜세 우려 했다. 이 굴레에서 영영 헤어나올 수 없을 거라 생각했던 나 는, 오히려 후배가 용기 있고 자유로운 선택을 한 거라고 믿고 있 었다.

그랬던 내가, 꿈인지 환상인지 모를 상황에서 후배를 보자마자 왜 울음을 터뜨렸던 걸까. 내 상처에만 집착하느라 후배의 아픔 을 제대로 이해해주지 못했던 못난 내가 한없이 미안했기 때문일 까. 아니면 후배가 떠나던 날 제대로 배웅하지 못했던 후회가 아직 도 남아 있어서일까. 어느 쪽인지 알 수는 없지만 나는 이번 기회 에 우연히, 아니, 정말 운이 좋게도 후배가 머무는 세계에 잠시 다 녀온 거라고 믿기로 했다. 나를 반기던 후배의 모습이 너무 선명하 고 눈이 부셔서, 이 모든 것을 단지 나의 착각 또는 꿈이라고 가볍 게 넘길 수가 없었다.

내가 모든 사람의 불행을 막을 수 없다는 걸 잘 안다. 내가 모든 사람의 눈물을 닦아줄 수 없다는 것도 안다. 내가 모든 사람의 진 심을 알아줄 수 없다는 것 또한 정말 잘 안다. 그런데도 후배에게 미안하다. 너무나 한결같았던 후배의 모습이 나를 한없이 작아지 게 만든다. 그저 후배가 행복했으면 좋겠다. 많은 걸 바라지도 않는다. 애초에 그러지도 못하는 입장이니까. 네 영혼이 어디에 있든 그곳은 이곳보다 포근하기를, 언젠간 꼭 다시 만나면 그때는 웃으며 인사할 수 있기를 진심으로 바랄 뿐이다.

내가 주변 사람들의 평안과 행복을 바란다고 매 순간 따스한 감정만 가지고 사는 것은 절대 아니다. 오히려 그 반대여서 더 절실하게 지인의 행복을 바라는 게 아닐까.

우리 다 같이 늪에 빠지지 말자는, 이 축축하고 깊은 곳에 갇혀 울면서 허송세월하지 말자는, 나를 밟고서라도 올라가서 햇빛을 보라는, 네가 먼저 올라가서 나에게 밧줄을 내려달라는, 네가 올라갈 때까지 나는 더 기다리겠다는 이런 이타적인 마음을, 후배가 괴로워하고 있을 때도 갖고 있었더라면 얼마나 좋았을까?

지금도 매일같이 후회를 하지만 이제는 소용이 없다는 걸 누구보다 잘 안다. 이런 바보 같은 나에게 한 번이라도 얼굴을 보여주려고 내 꿈속으로 찾아와준 후배가 참 가슴 아프게 고마울 뿐이다.

인생에
오르막과 내리막만 있는 건 아니라서

많은 사람들이 작년에 본 영화 중 가장 인상적인 작품으로 〈보헤미안 랩소디〉를 꼽지 않을까. 이 작품은 무려 1,000만 명에 가까운 관객을 동원하며 젊은 세대에게는 퀸이라는 전설적인 록밴드의 존재를 알렸고, 부모 세대에게는 젊은 시절 열광했던 퀸의 전성기를 추억하게 해주었다. 많은 언론에서 〈보헤미안 랩소디〉의 성공 비결 중 하나로 평소 극장을 잘 찾지 않는 오십대 이상 세대의 관람을 꼽던데, 어쩌면 부모님 세대들이 이 영화를 보면서 자신들의 젊고 화려했던 시절을 떠올리신 건지 모르겠다.

나는 영화를 볼 때 박스오피스 1위인 영화를 피하는 특이한 버릇이 있다. 그래서 〈보헤미안 랩소디〉가 한창 상영 중일 때는 한국에 있으면서도 보지 않다가, 주변 사람들이 하도 보라고 추천을 해서 미국으로 돌아온 후에 보게 되었다.

퀸의 대표곡들은 알고 있었지만 퀸 자체에 대해서는 아는 것이

별로 없어서인지, 나는 영화 자체보다 이 영화를 본 관객들의 반응에 관심이 더 많이 쏠렸다. 영화평들을 살펴보니 많은 사람들이 퀸을 통해 열정적이고 패기 넘치고 꿈 많던 자신들의 젊은 날을 회상했다고 한다. 다른 나라 사람들에 비해 유독 노래와 춤을 즐기고 하나로 뭉치기 좋아하는 우리나라 사람들의 특성 때문인지, 〈보헤미안 랩소디〉는 세대를 초월해 많은 이들에게 감동을 안겨주었다.

대부분의 사람들은 지나간 시기를 떠올릴 때 애틋함을 느끼는 듯하다. 나이가 들수록 그리운 순간들이 점점 많아지다 보니 과거의 찬란했던 자신을 잊지 못해 지금은 불행하다고 생각하는 빈도도 잦아진다. 다시 돌아오지 않는 어린 시절, 다시 볼 수 없는 어린 시절의 나를 추억하노라면 발전은커녕 자꾸 퇴보하는 것 같은 막막함도 커져간다.

내 지인들은 이런 감정을 느낄 때마다 자우림의 〈스물 다섯, 스물 하나〉라는 노래를 듣는다고 했다. 자우림은 어느 인터뷰에서 이 노래가 "상실에 관한 이야기"이자 "한때 가지고 있었지만 그때는 몰랐던 것, 그리고 지금은 되돌릴 수 없는 것들에 대하여 말하고 싶었다"고 밝힌 바 있다. 이 노래를 들으며 위로받은 사람이 내 지인들만은 아니었는지, 유튜브 뮤직비디오 댓글에는 이 노래가 그 누구보다 자신의 심정을 잘 대변해준다, 이런 노래를 만들어주어 감사하다, 노래를 들으며 눈물을 멈추지 못했다는 감상평이 가득하다.

〈보헤미안 랩소디〉나 〈스물 다섯, 스물 하나〉에 달린 감상평을 보고 있으면 주변 사람들의 모습이 겹치기도 한다. 얼마 전 아빠가 동기들이 슬슬 명예퇴직을 하는데 남은 인생을 어떻게 보내야 할지 막막해한다는 얘기를 해주셨다. 나를 포함해 대다수 사람들이 학창 시절부터 퇴직 때까지 대부분의 시간을 취업, 돈 모으기, 결혼, 자녀 양육, 내 집 마련, 노후 준비 등을 하며 보낼 텐데 이런 목표만 이루면서 달리다 보면 목표를 어느 정도 이루었을 때 혼란스러움과 당혹감을 느낄 수밖에 없을 것 같다.

당연한 말이지만 은퇴를 앞둔 부모님 세대만 이런 혼란을 겪는 것은 아닐 것이다. 내 주변에는 아직 이십대, 삼십대인데도 이미 어린 시절 남들이 부러워하는 위치에 올라보았기에 벌써부터 인생이 내리막길처럼 보인다는 사람들이 있다. 그 정상이 꼭 엄청나게 대단한 타이틀이 아니어도, 학창 시절 전교회장을 했던 사람이 성인이 되고 나서 사람들과 쉽게 어울리지 못하고 점점 외톨이가 되어간다고 느낀다면, 학생 때 자신감 넘치고 당당했던 성격이나 화려했던 인간관계가 그리울 수 있을 것이다. 단란한 가정에서 사랑받으며 자란 사람이 사고로 가족을 잃으면, 더 이상 가족과 함께할 수 없는 현재가 불행하다고 느낄 수도 있다. 어쩌면 지금보다 나았다고 기억하는 과거를 그리워하는 일이 누구나 겪는 보편적인 감정이라 한 사람의 전성기를 다룬 영화, 드라마, 책, 노래, 공연이 이렇게 많은 사람들의 마음을 울리는 것은 아닐까.

그런데 나는 딱히 그리운 시절이 없다. 지금이 만족스럽다기보다 돌아가고 싶은 시기가 없다. 물론 돌이켜보면 '그때 참 좋았지' 싶은 순간은 많았다. 합격자 발표를 확인하던 순간, 여행지에서 행복했던 기억, 듀크대에서 한인학생 회장으로 당선됐을 때, 이벤트를 준비할 때마다 느꼈던 미세한 긴장과 설렘, 새벽에 아무도 없는 밤바다를 거닐던 순간 등. 하지만 아직 어려서인지 '과거의 영광'이라고 부를만한 추억이나 에피소드는 없다.

돌아가고 싶을 정도로 화려했던 시절이 존재한다는 사람들을 보면 신기하다. 진심으로 행복했던 시절이 있는 사람이라면 앞으로도 마음먹기에 따라 얼마든지 행복해질 수 있는 비결을 알고 있을 것 같아 부럽기도 하다.

이런 생각을 하던 차에 소설 한 권을 읽게 되었다. 버락 오바마 전前 미국 대통령이 2017년 추천 도서로 소개해 화제가 됐던, 에이모 토올스의 장편소설 《모스크바의 신사》이다.

이 작품에는 성 안드레이 훈장 수훈자이자 경마클럽 회원이며 사냥의 명수인 서른셋의 백작, 알렉산드로 로스토프가 등장한다. 소설의 배경은 두 차례 혁명을 겪은 1920년대의 모스크바이다. 백작은 정치적인 이유로 종신연금형을 선고받고 메트로폴 호텔에 감금된다. 더 이상 스위트룸의 푹신한 침대에서 잘 수 없게 된 백작은 하인들이 지내는 비좁은 다락방으로 거처를 옮긴다. 누구라도 감금되고 감시당하는 삶을 살게 되면 절망과 좌절에 사로잡히기 쉬운데, 백작은 환경의 영향을 받기보다 스스로 환경을 통제하는 쪽을 택한다. 그는 가족과 친구, 예의, 지식, 관찰력, 교양, 호기심, 그리고 무모함을 잃지 않은 덕분에 무너져내릴 수도 있었던 자존감을 굳건히 지켜낸다.

비록 소설 속 가상 인물이지만 이토록 혼란스러운 시기에 신사의 품격을 잃지 않고 주변을 사랑하며 살았던 백작이 정말 존경스럽다. 사회가 어떤 잣대를 내밀든 그는 주어진 환경에서 행복과 설렘을 느낄 수 있는 방법을 귀신같이 찾아낸다.

너무나 많은 사람들이 우울감을 토로하는 오늘날, 변해버린 현실에서도 자신의 가치를 잃지 않고 어떻게든 행복의 요소를 간직하려고 노력하는 주인공의 태도가 조금이나마 희망을 줄 수 있지 않을까. 나이 들수록 변해가는 외모 때문에 슬퍼져도, 자신의 가치를 알아봐주는 사람이 없어도, 사회에서 쓸모 없는 존재가 된 것 같아도 우리는 자신의 장점을 잘 알고 있다. 많은 전문가들이 숱하게 강조하듯 중심과 기준을 자기 자신에게 두고 어떤 상황에서도 자신을 존중해준다면 세상이 뭐라 해도 자존감을 지킬 수 있다고 믿는다.

나는 얼마 전까지만 해도 인생이란 수많은 계단을 올라가는 과정이라고 생각했다. 열심히 올라가서 정상에 다다르면 그간의 노력을 치하하고 주변으로부터 쏟아지는 부러움과 존경을 만끽한 다음, 다시 천천히 내려가는 게 인생이라고 믿었다. 그래서 자주 주변의 시선을 의식하며 꾸준히 계단을 올라갔다. 실제로 나는 어릴 때부터 고소공포증이 유독 심했는데, 사회를 사다리라고 여기게 된 순간부터 자주 호흡이 불안정해지곤 했다. 조금만 실수를 해도 망할까 봐 두려웠다. 하버드 로스쿨에 진학한 계기 중에 이 숨가쁜 경주를 조금이라도 빨리 끝내고 싶은 마음도 없지 않았다.

'하버드까지 왔으니 이제는 아무도 나에게 더 높이 올라가라고 하지 않을 거야. 그러니 이제 좀 쉬면서 쉬엄쉬엄 해도 되겠지?'

하지만 이건 나의 큰 착각이었다. 사람들은 늘 내가 더 높이 올라가길 기대했다. 한 계단만 더 오르면 되겠지, 이 정도면 나를 자랑스러워하고 나에게 만족하겠지 했던 기대는 참 어리석은 착각이었다.

미국 로펌에 지원하던 시기에 뉴욕이 아닌 샌프란시스코를 택한 나를 보고 "내년에 다시 지원할 거지? 다음에는 잘될 거야"라며 내 눈치를 살피는 사람들이 정말 많았다. 나는 미국에서 오래 일할 생각이 없었다. 곧 한국으로 돌아갈 계획이었고, 짧은 기간 동안 한국과 관련된 사건을 경험하고 싶었기 때문에 한국 기업과

연이 자주 닿는 샌프란시스코를 택했던 것이다. 그런데 자꾸 위로를 건네니 난감했다. 물론 그분들은 오랫동안 뉴욕이 최고라는 생각을 갖고 살아오셨기 때문에 진심으로 내 장래를 위해 조언해주셨다는 것을 알지만, 솔직히 불편했다. 내가 한국으로 돌아가고 싶다고 말할 때마다 미국에서 일할 기회가 있는데 왜 그런 선택을 하느냐, 네가 아직 어려서 세상 물정을 잘 모르는 것이다, 조금만 더 고민해보라며 타이르는 사람들도 많았다.

이런 조언을 들을 때마다 한없이 흔들린다. 솔직히 지금 내게는 더 큰 세상을 향해 달려가고 싶은 열망이 없다. 좀 더 솔직히 말하자면 그동안 할 만큼 했으니 이제는 내가 사랑하는 사람들과 하루하루 행복하게 살고 싶은 바람밖에 없다. 내 도움이 필요한 사람들에게 손을 내밀고 내가 안아줄 수 있는 이들에게 온기를 전하면서 말이다.

나를 정말 힘들게 하는 것은, 이게 잘못된 꿈이 아니라는 걸 알면서도 주변의 조언을 들으면 죄책감이 든다는 점이다. 인간의 욕심에는 끝이 없고 다른 사람의 욕망이 투영된 꿈은 잔인하기 그지없다는 사실을 예전에는 몰랐다. 왜 이렇게 많은 사람들이 본인이 살지 못한 삶을 다른 사람이 대신 실현해주길 바라는 걸까? 정작 당사자는 그 꿈에 갇혀 괴로워하는 모습이 보이지 않는 걸까?

문득 지금까지 걸어온 내 삶을 돌아보니, 이 가운데 몇 발자국이

나 온전한 나의 의지로 내디딘 건지 궁금해진다. 나는 왜 나로 살지 못하는 걸까?

'잊지 마. 네가 살고 싶은 삶을 살아. 누구도 네 삶을 강요할 수 없어. 네 마음으로 선택한 길을 걸어. 너는 주체적인 사람이야.'

타협하지 않고 무뎌지지 않기 위해 스스로에게 이런 말을 수없이 건네다가 깨달았다. 내가 인생을 오르막과 내리막으로 나누어 생각하는 것 자체가 나를 옥죄고 있었다는 사실을. 인생에 정점이란 게 있고 그 자리에 머물 수 있는 시간이 제한되어 있어서 내게 주어진 시간이 끝난 뒤 다음 주자에게 배턴을 넘겨주어야 한다면, 삶이 얼마나 팍팍하고 덧없을까?

이제는 인생을 산이 아닌 들판이라고 생각하고 싶다. 나침반도 안내문도 없이 그저 내가 원하는 방향으로 걷고 뛰고 구를 수 있는, 움직이기 싫을 때는 드러누워 구름도 보고 바람도 맞고 햇살도 쬐며 재충전할 수 있는 그런 곳 말이다. 비가 오면 비를 맞고 눈이 오면 눈을 맞으며 그 순간을 즐기고 싶다.

사회에서 나의 위치가 어떻든, 남들이 나를 어떻게 보든, 내가 몇 살이든 상관없이 그 순간 나의 감정과 선택을 믿고 싶다. 전진도 후퇴도 없는 자유로운 삶을 살고 싶다. 이런 삶을 살 수 있다면 내가 은퇴할 시간이 다가와도, 더 이상 사회가 나를 필요로 하지 않는다는 느낌을 받아도, 내가 행복하고 만족할 수 있는 다른 무언가를 찾을 수 있지 않을까. 여행을 가든, 취미 생활에 집중하든, 새로운 인간관계를 맺든 나는 죽을 때까지 《모스크바의 신사》속 알렉산드로 로스토프 백작처럼 지루하지 않게 늙어갈 자신이 있다.

혹시 예전의 나처럼 인생을 오르막 아니면 내리막이라고 생각하는 사람들이 있다면, 그 길을 떠올릴 때마다 숨이 막혀 지금이 불행하다고 생각하는 사람들이 있다면, 《모스크바의 신사》를 읽으면서 자기만의 들판을 만나기를 바란다. 자기만의 들판에서 우리는 누구라도 될 수 있고 무엇이라도 할 수 있을 테니까. 모든 사람들이 태어나서 죽을 때까지 자기 자신으로 살 수 있기를, 책장을 덮으며 바라본다.

내가 빨리 한국으로
돌아가고 싶은 이유

많은 사람들이 오랜 기간 미국에서 유학 생활을 하고 취업까지 한 내가 부럽다고 말한다. 이제 미국에 자리를 잡았으니 거기서 편하게 살면 되겠다는 말도 정말 자주 듣는다. 탈조선, 헬조선이라는 유행어가 등장하고 《한국이 싫어서》라는 책이 베스트셀러가 되는 시대를 사는 사람들에게는 미국에서 꿈을 펼칠 수 있는 내가 부러울 수도 있겠다는 점은 충분히 이해가 된다.

아무리 좋은 학교를 졸업해도 몇 년째 취업을 못하는 또래 친구들이 너무나 많다는 점을 잘 알고 있다. 세대 간, 성별 간 갈등이 점점 심해지고 있다는 점도 잘 안다. 나도 정신적인 고통을 호소할 때 주변으로부터 "이십대에는 누구나 힘들어", "우리도 젊을 땐 그렇게 뼈 빠지게 일하고 경쟁하면서 살았어", "약한 소리 하지 마"라는 말을 많이 들었다. 공감해주기보다 쓴소리를 건네는 사람들이 훨씬 많았다.

하지만 자기 삶에 최선을 다하지 않는 사람이 어디 있을까? 누구나 자기 인생을 악착같이 살아왔을 테니, 어느 세대가 더 힘들다고 비교하는 것은 별 의미가 없다고 생각한다. 어느 시대에 태어났느냐에 따라 저마다 힘든 상황은 다를 수밖에 없고 자신이 직접 겪어보지 않는 이상 타인을 온전히 이해할 수도 없다. 개인적으로는 기성 세대가 젊은 사람들의 한숨을 '그 나이에는 누구나 겪는 아픔'이라고 가볍게 치부하기보다 이들이 어떤 이유로 이렇게 고통스러워하는지 궁금하게 여겨줬으면 좋겠다. 아무래도 세상을 바꿀 수 있는 힘은 젊은 세대보다 기성 세대에게 더 많으니까.

물론 기성 세대를 이해하지 못하는 젊은 세대에게도 아쉬운 점이 있다. 보후밀 흐라발의 《너무 시끄러운 고독》은 주인공 한탸가 새로 도입된 거대한 압축기와 달라진 작업 방식, 여행과 여가 생활을 즐기는 쾌활하고 젊은 근로자들과 어울리지 못하고 끝내 직장에서 밀려나는 모습을 그린다. 한탸를 보면서 이제는 뒷방 늙은이, 꼰대로 무시당하는 어르신들이 떠올랐다. 현직에서 물러난 분들도 젊은 시절에는 우리처럼 치열하게 공부하고 노력한 대가로 전문성과 능력을 인정받으셨을 텐데 싶어 마음이 불편해진다.

이분들을 보고 있으면 자연스레 아서 밀러의 《세일즈맨의 죽음》 또한 생각난다. 이 작품의 주인공인 윌리 로만은 두 아들에게 구식이라고 무시당하며 따라갈 수 없는 사회 변화에 혼란스러워하다가 외롭고 쓸쓸하게 세상을 떠난다. 이 작품을 읽으며 지금의 패기 넘치고 열정 가득한 젊은 사람들도 훗날 더 젊은 사람들에게 비웃음을 살 수 있겠다고 생각했다. 나보다 먼저 더 많은 경험과 노하우를 쌓으며 살아오신 분들의 지혜와 배울 점들을 존중한다면 세대 갈등을 조금이라도 줄일 수 있지 않을까.

너무 비싼 물가와 좁혀질 기미가 보이지 않는 빈부 격차도 한국을 떠나고 싶게 만드는 데 일조한다. 가계소득 향상을 위해 최저임금을 올리지만 자영업자들이 인건비를 부담하지 못해 결국 직원을 해고하는 사태가 발생하기도 한다. 요즘 초등학생들의 장래희망 중에 건물주가 있다니, 참 씁쓸하다. 우리나라에서 가장 뜨거운 이슈 중 하나인 군대 문제도 빼놓을 수 없다. 우리의 근현대사, 정치, 경제, 종교 등 여러 분야의 이해관계가 너무 복잡하게 얽혀 있어서 군대에 대해 토론할 때는 굉장히 조심스러워진다.

한국 남성에게 군대가 소위 말하는 디폴트 값이라면, 한국 여성의 디폴트 값으로는 여러 성범죄와 관련된 편견이나 고정관념을 꼽을 수 있지 않을까. 지금껏 자라면서 엄마에게 가장 많이 들었던 말 중 하나가 "너무 짧게 입고 다니지 마, 무슨 일이라도 생기면 어쩌려고"였다. 어릴 때는 별 생각 없이 그러려니 했는데 어느 정도 크고 나서는 따지기 시작했다. 짧은 옷을 입어서 성폭행을 당하는 게 아니다, 어떤 옷을 입은 사람이 잘못한 게 아니라 범죄를 저지르는 사람이 잘못한 거다, 라고. 엄마는 네 말이 맞지만 그래도 당하고 나서 누구 잘못인지 따지기보다 미리 조심하는 게 낫다고 당부하셨다.

한국 여성 대부분이 자라면서 한번쯤은 이런 말을 들어보지 않았을까. 엄마의 걱정도 이해는 되지만 여성이니까, 이런 옷을 입었으니까, 또는 특정 신체부위 때문에 누군가의 타깃이 되지 않도록 조심하면서 살아야 한다는 조언에는 여전히 거부감이 든다.

세월호 사건과 박근혜-최순실 게이트 이후 한국 사회에 대한 신뢰도가 급격하게 저하된 것도 한국을 떠나고 싶게 만드는 요인 중 하나이다. 많은 국민들과 마찬가지로 나 역시 아직도 세월호 사건 당일의 충격이 잊혀지질 않는다. 텔레비전 앞에 앉아 생존자 수에 비해 너무나 빠르게 증가하는 실종자, 사망자 수를 멍하니 지켜보는데 현실감이 전혀 없었다. 타인을 돕는 삶을 살고 싶어 지금까지 이렇게 열심히 공부했는데, 아무것도 하지 못하는 무기력한 나 자신이 미치도록 원망스러웠다.

박근혜-최순실 게이트가 터졌을 때 나는 듀크대에 재학 중이었는데, 한국에 별로 관심이 없던 외국인들도 한인회장이었던 나를 찾아와 이것저것 묻곤 했다. 너무 많은 사람들이 우리나라 정치에 관심을 가지니 듀크대 한국어과에서 한인 학생회에 현 상황을 설명할 수 있는 자리를 마련해달라고 부탁하기까지 했다. 부끄러워서 피하고 싶고 숨고 싶어도 회장이라 어쩔 수가 없었다. 다행히 당시 듀크대에서 공부하시던 JTBC 김필규 기자님이 박근혜 탄핵과 관련해 발표를 해주셨다. 한인회에서는 이벤트와 통역을 맡았는데, 이벤트는 성황리에 끝났지만 한국이 이런 일로 회자된다는 사실이 괴로웠다.

이런 큰 사건 외에도 돈과 인맥이 있다고 사람의 마음도 돈으로 사려고 하는 오만한 사람들, 심신미약이라는 이유로 잔혹한 범죄자들을 쉽게 감형해주는 사법부, 잊을 만하면 불거지는 묻지 마 폭행, 환경 파괴, 약자 혐오를 비롯한 수많은 아동학대와 동물학대까지. 자신의 생각과 입장, 편의를 우선시하는 것이 당연한 인간의 본성이긴 하지만, 어쩌다 이렇게 타인의 고통에 무감각하고 나만 중요하게 생각하는 사람들이 많아진 걸까?

이렇게만 생각하면 한국은 암울한 점이 가득한 나라이지만, 나는 유학 생활을 시작하기 전부터 하루빨리 한국으로 돌아와 이곳에서 선한 영향력을 펼치며 살고 싶다고 생각했다. 대부분의 유학생들이 공감하겠지만, 나에게 한국은 늘 그립고 애틋한 곳이다. 아무래도 미국에서 학교를 다니다 보니 미국에서는 항상 시험, 경쟁, 성적, 입시와 관련된 스트레스를 받는다.

대신 방학 때마다 들어오는 한국은 가족, 친구들과 함께 마음 놓고 쉬는 곳이자 내가 가장 좋아하는 한식을 마음껏 먹으며 안정감을 느끼는 곳이다. 교통 시설과 치안이 이렇게 잘 발달된 나라도 찾기 힘들다. 외국인들도 한국으로 여행을 다녀오면 지하철 시스템과 밤늦게 술을 마시고 돌아다녀도 비교적 안전한 밤거리를 꼭 칭찬한다. 미국에서는 현지인들조차 다치거나 사고가 날까 봐 지하철 타기를 꺼린다. 듀크대에 다닐 때는 학교 근처에 총을 가진 강도가 있어서 경찰이 출동했으니 주의하라는 알람을 시도 때도 없이 받았다.

내 성향도 집단주의보다 개인주의에 가까운 편이지만, 문득문득 한국의 정과 인심이 그리워질 때가 있다. 미국 대학은 한국 대학보다 규모가 훨씬 크고 2학년이 끝날 때까지 과를 선택하지 않아도 되는 장점이 있지만, MT도 가고 축제도 함께 즐기면서 동기들끼리 끈끈해지는 한국 대학이 무척 부러웠다. 또한 미국에서는 한국인이 소수 인종이기 때문에 아무래도 위축되고 눈치가 보일 때가 많다. 그럴 때마다 "나도 내 나라가 있어!"라며 한국으로 돌아가고 싶은 충동이 생긴다. 나라를 떠나보면 없던 애국심도 생겨난다는 말도 어느 순간 이해하게 되었다. 그렇지 않고서야 굳이 피곤한 일을 자처하며 한인회장까지 맡을 이유가 없었을 것이다.

많은 젊은이들이 한국을 떠나고 싶어하지만 나는 하루빨리 한국에 정착하고 싶다. 미국에 더 오래 있으라고 나를 뜯어말리는 사람들도 많지만, 나는 미국에서 배워야 할 것들을 배운 다음에는 점점 지쳐가는 한국인들에게 어떤 식으로든 힘을 주고 싶다. 미국에서 오래 살아 이곳에도 애정이 있지만, 신기하게도 한국에 더 마음이 머문다. 내가 한국인이어서 그런 걸까? 아니면 한국이 얼마나 살기 힘든 나라인지 알기 때문일까?

이유가 무엇이든 한국에서 하루하루 용기 있게 도전하는 사람들이 나로 인해 한 번이라도 더 웃을 수 있으면 좋겠다. 물론 한국에서 사는 게 고통스러워서 또는 더 이상 버틸 수가 없어서 한국을 떠나는 건 절대 나쁜 일이 아니다. 모든 선택에는 저마다의 이유가 있으니까. 하지만 한국에서 최선을 다해 살아가는 사람들을 포기하지 않고, 한국이 발전하는 데 조금이라도 기여하고 싶은 사람들과 기꺼이 함께하고 싶다. 작은 촛불들이 모여 탄핵이라는 거대한 불꽃을 만들었던 것처럼, 한 사람 한 사람의 힘이 더해지면 감히 상상할 수 없었던 더 큰 기적을 만들어낼 수도 있을 테니까.

책으로 만나는 인연
책으로 나누는 마음

초등학교 5학년 때 미국에 계신 고모 집에서 몇 주 머문 적이 있다. 여름방학 기간 동안 영어도 익히고 독립심도 기를 겸 부모님이 나를 미국 캠프에 보내신 것이다. 더 어렸을 때 미국에서 2년 정도 살았던 경험이 있어서 많이 힘들진 않았다. 대신 이때 난생처음 한 가지 감정을 아주 크게 느꼈다.

그건 바로 외로움이었다.

이전까지는 한 번도 그렇게 극심한 외로움을 느껴본 적이 없었다. 캠프 일정을 마치고 고모 집으로 돌아오면 마땅히 할 일이 없었다. 고모부는 퇴근 전이었고 고모는 몸이 약해서 방에서 쉬시는 경우가 많았다. 두 사촌 오빠는 공부하랴, 친구들과 놀러다니랴 바빴다. 적막이 흐르는 이층집에서 온종일 혼자 지내면서, 나는 처음으로 가슴에 구멍이 뚫려 바람이 숭숭 지나간다는 말이 무슨 뜻인지 이해했다.

초반에는 뭐라도 해보려고 내가 할 수 있는 일을 찾기 시작했다. 집 구경도 하고 한국에 있는 가족, 친구들과 이메일이나 메신저도 주고받고, 마당에 있는 강아지랑 놀기도 했다. 한국으로 돌아가고 싶어서 참 많이 울었지만, 티를 내면 고모가 걱정하실까 봐 이불 속에서 소리를 내지 않고 닭똥 같은 눈물만 또르르 흘렸다. 자립심을 길러야 한다는 고모의 의견에 따라 부모님과 통화할 수 있는 횟수도 제한되어 있었다. 철저히 혼자라는 게 이런 거구나, 몸소 체험했다.

하루는 정말 못 견디겠다 싶을 정도로 외롭고 심심해서 집에 있는 인형을 싹 모아 내 방 한가운데에 둥글게 앉혀놓고 인형들과 카드놀이를 했다. 지금 떠올려도 그때의 쓸쓸함은 참 지독했다. 고모도 그 모습을 보고 너무 놀라셔서 이후로는 나를 도서관에 데려가셨다. 고모는 앞으로 일주일에 한 번씩 도서관에 데리고 올 테니 일주일 동안 읽고 싶은 책을 골라보라 하셨다.

첫 주에 열 권 정도를 빌렸는데 함께 놀 친구도, 대화할 상대도 없었던 나에게 책은 구원자 같았다. 침대 머리맡에 앉아 작은 스탠드를 켜고 책을 읽다 보면 더 이상 외롭지도, 심심하지도 않았다. 때로는 작가와 때로는 주인공과 추억을 쌓는 기분이 들었고 다른 사람의 생각과 감성을 공유하는 것 같아 행복하고 설렜다.

그 후로 도서관에 갈 때마다 스무 권이 넘게 책을 빌리곤 했다. 내가 종일 집에서 책만 읽어대는 게 걱정이 되셨는지, 고모는 밖에 나가서 놀다 오라고 하셨다. 그럴 때면 아는 사람 한 명 없는 동네를 혼자 어슬렁거리다가 10분 만에 들어와서 다시 책을 펼쳤다. 이렇게 나의 책 여정이 시작되었다.

> 우리는 혼자가 아니라는 걸 알기 위해 책을 읽는다. 우리는 혼자라서 책을 읽는다. 책을 읽으면 혼자가 아니다. 우리는 혼자가 아니다. 내 인생은 이 책들 안에 있어. 우리는 딱 장편소설은 아니야. 우리는 딱 단편소설은 아니야. 결국, 우리는 단편집이야.
> _개브리얼 제빈, 《섬에 있는 서점》 301~302p, 루페, 2017년

개브리얼 제빈의 《섬에 있는 서점》에서 주인공이 한 말이다. 나는 한국으로 돌아온 후에도 극심한 외로움에 시달릴 때마다 책을 읽었다. 책을 읽는 동안은 혼자 있어도 혼자인 것 같지 않았고 마음이 허하지도 않았다.

> 한번 책에 빠지면 완전히 다른 세계에, 책 속에 있기 때문이다. 놀라운 일이지만 고백하지 않을 수 없는 것이, 그 순간 나는 내 꿈속의 더 아름다운 세계로 떠나 진실 한복판에 가닿게 된다. 날이면 날마다, 하루에도 열 번씩 나 자신으로부터 그렇게 멀리 떠

날 수 있다는 사실이 신기할 따름이다.

_보후밀 흐라발, 《너무 시끄러운 고독》 16~17p, 문학동네, 2016년

보후밀 흐라발의 《너무 시끄러운 고독》에 나오는 주인공 한탸는 작은 압축기로 30년 넘는 세월 동안 지하실로 밀려 들어오는 온갖 쓰레기를 압축시켜 다른 곳으로 보내는 일을 한다. 그의 삶은 고독하지만, 그가 일하는 공간은 온종일 시끄럽다. 종일 기계 소리에 시달리며 외롭게 일하는 한탸의 하루하루와, 누구의 시선도 받지 못한 채 압축되는 쓰레기들이 묘하게 겹쳐 보인다.

한탸는 뭔가를 파괴하는 일로부터 스스로를 지키기 위해 책으로 도망간다. 남들이 버린 쓰레기 더미에서 책을 찾으면 서둘러 압축기를 멈추고 더러워진 표지를 옷으로 닦은 다음 책 속으로 빠져든다. 그렇게 모은 책이 몇 톤이 넘어 어느덧 한탸의 집을 가득 채운다.

책을 읽는 이유는 저마다 다양하겠지만, 나에게는 현실을 잠시 잊을 수 있게 해준다는 점이 특히 매력적이다. 내가 가보지 못한 나라, 먹어보지 못한 음식, 느껴보지 못한 감정, 만나보지 못한 사람들을 접할 수 있으니 가격 대비 얼마나 편리하고 유익하고 신비로운 시간인지. 책에서 만난 여러 주인공과 함께 울고 웃으며 위로와 용기를 얻은 덕분에, 그 힘으로 치열했던 민사고 시절과 유학

생활을 이겨냈다.

김소영 작가님은 《진작 할 걸 그랬어》에서 "독서라는 습관은 손 뻗으면 닿을 곳에 책이 있어야 비로소 만들어지는 게 아닐까"라고 하셨다. 작가님의 어머니는 작가님이 어렸을 때 동네 도서관에 자주 데려가고 책을 빨리 읽는 딸을 위해 헌책방에서 책을 잔뜩 사주시며 틀린 맞춤법까지 수정해주셨다고 한다. 외로움에 허덕였던 열두 살의 나를 고모가 도서관에 데려가주지 않았다면, 나는 지금처럼 책을 좋아하지 못했을 것이다.

이 글을 쓰면서 내가 그동안 책을 몇 권 정도 읽었는지 세어보니 2018년에만 150여 권이 되었다. 힘들기로 악명 높은 하버드 로스쿨 2학기와 로펌에서 인턴으로 일했던 여름 방학 기간, 너무나 치열했던 미국 로펌 취업 준비까지 하느라, 2018년은 몸도 마음도 정신없이 바쁜 해였다. 그 시간을 잘 버티며 주어진 일을 제대로 해낼 수 있었던 원동력은, 단언컨대 책이었다.

서평은 2018년 상반기부터 쓰기 시작했다. 좋은 책을 나만 읽는 것이 아쉽고 너무 많은 책을 읽다 보니 내용이 오래 기억나지 않아서 안타까운 마음에 서툴게나마 서평을 쓰기 시작했는데, 인스타그램과 블로그에 꾸준히 서평을 남기다 보니 어느새 내 글을 읽어주는 분들이 많아졌다. 그분들의 응원 댓글에 성취감도 느꼈고, 모르는 이들이 인생 책이라고 추천하는 책들도 찾아 읽으면서 내

독서는 더욱 풍요로워졌다.

　2018년 연말에는 책 선물 이벤트를 열어 내가 좋아하는 책 중 그 사람에게 어울릴 만한 것을 골라 편지와 함께 보내기도 했다. 소박하게 시작한 이벤트였지만 이를 통해 인연을 맺은 분들이 나에겐 정말 소중하다. 내 서평을 읽고 책과 다시 가까워졌다는 분, 베스트셀러가 아닌 책을 읽고 싶은데 추천해줘서 도움이 됐다는 분, 지친 일상에 따뜻한 위로가 되었다는 분들이 나에게 감사 인사를 건네주셨다.

　"윤 지 씨의 글은 사람의 마음을 울리는 뭔가가 있어요. 마음이 풀릴 때도 있고 뭉클하거나 울컥할 때도 있고요. 책을 따로 읽지 않아도 윤 지 씨가 대신 소개해주니 다양한 감정을 고스란히 느낄 수 있어요."

　"처음으로 타지 생활을 하면서 나 자신을 이해할 필요성을 깨달았어요. 언니의 SNS를 보면서 나를 보듬고 토닥여주는 법도 익혔고요. 언니의 글은 따뜻한 과외 선생님 같아요."

　"윤 지 씨의 글을 읽고 있으면 평온해져요. 복잡한 도시를 벗어나 시골 풍경을 보는 느낌이랄까요. 단순한 안정감을 넘어서 원동력도 느껴지고요. 누군가 윤 지 씨의 글을 읽으며 위로받는다는 사실을 잊지 말아주세요."

　"윤 지 씨는 참 꾸준히 생각하면서 살아가는 사람 같아요."

"고등학교에 들어간 뒤 책과 멀어졌는데, 언니 SNS를 팔로우하면서 다시 책을 읽고 싶어졌어요."

그저 막막하고 외로워서 펼친 책들이 이제는 사람들과 나를 이어주는 고리가 되었다. 내 마음을 울린 책들이 다른 사람의 마음에 가 닿으면서 서로의 시야를 넓혀주고 정을 쌓게 해주었다. 내 친구가 되어준 책들이 더 많은 친구를 보내주었다.

앞으로도 살면서 외로운 순간을 많이 마주하겠지만, 나는 그때마다 책을 펼쳐 내 마음을 온기로 채울 것이다. 혹시 나처럼 자주 외롭고 허전하고, 아무도 나를 이해해주지 못한다고 느끼는 분이 있다면 나와 함께 책을 읽지 않겠냐고 권하고 싶다. 인간은 평생 외로움을 느끼는 존재라지만, 전혀 몰랐던 사람을 책을 통해 알게 되고 마음을 나누는 경험은 생각보다 많은 힘이 된다.

왕관을 쓰고도
행복할 수 있다면

어떤 자리에서 자기소개를 할 때, 내가 민사고 출신에 듀크대를 1년 조기 졸업하고 지금은 하버드 로스쿨에 재학 중이라고 밝히면 사람들의 시선이 달라지는 걸 느끼곤 한다.

결코 왕관을 쓰기 위해 소위 말하는 명문 학교로 진학한 것이 아닌데, 어느 순간 나는 세상이 왕관을 썼다고 말하는 사람이 되어 있었다. 원래 머리가 좋았냐, 보나마나 금수저겠지, 스카이 캐슬 현실판이네, 저런 집안에서 태어나면 누구나 명문대 간다 등등. 나를 잘 모르는 사람들이 이력만 보고 함부로 내뱉는 온갖 화살과 돌멩이를 나는 참 오랫동안 온몸으로 맞았다. 많은 의심과 오해와 편견이 담긴 시선 앞에서 괜찮은 척하기란, 아무리 시간이 흘러도 익숙해지지 않았다.

그러던 어느 날, 무슨 생각에서인지 노트북을 열었다. 오늘이 아니면 죽을 때까지 용기를 낼 수 없을지도 모른다는 조급함이 밀려왔다. 그동안 내가 사랑하고 나를 아껴주는 몇몇 지인을 제외하고는 한 번도 말한 적 없는 나의 숨겨진 이야기를 블로그에 솔직하게 써내려갔다.

이 글은 내가 지금까지 썼던 모든 블로그 글을 통틀어 가장 많은 관심을 받았고, 그만큼 많은 사람들이 그동안 몰라서 미안했다고 위로를 건네주었다. 주목받고 싶어서 쓴 글은 아니었지만, 나를 자신만의 편견과 오해로 만들어낸 이미지가 아닌 있는 그대로의 한 사람으로 봐주는 누군가가 한 명이라도 더 생겼다는 게 기뻤다.

이 마음을 오래 간직하기 위해 나는 한 번 더 용기를 내기로 했다. 책을 쓰게 된 계기가 사람들에게 위로를 주고 싶어서였으니, 나의 지난 아픔과 성장통을 여기서도 솔직하게 털어놓기로 했다. 개인적으로 힘들어하는 사람을 위로해줄 수 있는 가장 좋은 방법 중 하나가 '나도 당신과 비슷한 고통을 느꼈고, 그래서 당신을 조금이나마 이해할 수 있을 것 같다'라는 메시지를 전하는 것이라고 생각하기 때문이다. 내 서툰 고백이 누군가에게 공감과 위로와 용기를 줄 수 있으면 좋겠다.

나는 참 오랫동안 마음이 아팠다.

민사고 재학 시절, 다산관에서 친구들과 대화를 나누다가 갑자기 숨을 쉬기가 힘들어졌던 때가 있다. 처음에는 몰랐다. 변기를 부여잡고 헛구역질을 하면서도 내가 왜 이러는지. 그때는 너무 어려서 단지 '스트레스를 많이 받았나', '음식을 잘못 먹었나', '공부하기가 힘든가' 정도로만 생각했던 것 같다. 온몸이 경고를 하는데도 그 증상을 가볍게 생각하고 넘길 때가 많았다.

고3 때 비슷한 증상이 또 한 번 나타났다. 기숙사에서 시험 공부를 하던 중 갑자기 숨이 턱 막히더니 숨 쉬는 법을 잊어버린 것이다. 숨을 어떻게 쉬었더라? 들숨, 날숨은 알겠는데 그걸 어떻게 했지? 온몸이 굳으면서 눈앞이 흐려졌다. 이렇게 죽는 건가 싶어 덜덜 떨다가 몇 분이 지나고 겨우 안정을 찾았지만, 이 상황을 누구에게 물어야 할지 막막했다. 갓난아이도 아니고 고3씩이나 돼서 숨 쉬는 법을 모르겠다는 말을 대체 누구에게 하느냔 말이다.

책상 앞에 앉아 혼자 울다가 아빠에게 연락했다.

"아빠, 나 방금 숨 쉬는 법이 기억이 안 났어."

"윤지야, 아빠 지금 출발할게. 조금만 누워 있어. 아빠가 금방 갈게."

아빠는 퇴근하자마자 부리나케 횡성까지 오셔서 소사 휴게소에서 저녁을 사주셨다. 처음에는 내가 밥을 먹는 모습을 물끄러미 바라보시더니 아빠는 왜 안 먹냐고 묻자 그제야 식사를 하셨다. 아빠 손이 덜덜 떨리고 있었다. 그때는 몰랐다. 아빠는 딸 앞에서 침착하려고 얼마나 애를 쓰셨을까.

"윤지야. 사실 아빠도 몇 개월 전에 너랑 비슷한 경험을 했어. 네가 걱정할까 봐 엄마한테만 말했지만."

처음 듣는 이야기였다. 너무 당황해서 말문이 막히면서 눈물이 쏟아졌다. 나는 자식이 되어서 어떻게 그런 것도 눈치채지 못했을까? 나밖에 몰라서 그랬던 거야. 너무 죄송한 마음에 심장이 무너지는 것 같았다.

"아빠도 그때는 말하기 힘들 만큼 괴로웠지만, 지금은 괜찮아졌어. 그러니까 네가 어떤 상황이든 아빠는 이해해."

그때 처음으로 내가 정말 아플 수도 있겠다고 생각했다. 하지만 나 때문에 아빠가 더 힘들어질까 봐 두려웠다. 그래서 내가 도움을 받아야 하는 상황인데도 아빠를 위로하고 아빠도 나에게 의지해도 된다고 큰소리를 쳤다. 결국 나는 도움을 받을 수 있었던, 또 받아야 했던 순간에 나를 버린 셈이었다.

듀크대로 진학한 뒤, 처음으로 가족과 완전히 떨어져 살면서 모든 것이 생소하고 조심스럽고 예민해졌다. 매순간이 우울하고 불안했다. 하루빨리 졸업하고 한국으로 돌아가고 싶었다. 어떻게 살지? 나 잘하고 있는 걸까? 누가 정답을 좀 알려줬으면. 나는 무엇이 되어야 할까? 3년 안에 졸업할 수 있을까? 집에 가고 싶다. 다들 보고 싶다. 외롭다. 힘들다. 지친다.

하지만 그 당시 나를 온통 사로잡았던 이 어두운 감정들이 다른 사람들에겐 전해지지 않았나보다. 그때 나를 만났던 사람들은 내게 모든 일이 잘돼서 좋겠다, 무슨 걱정이 있겠느냐고 말했다. 학점도 좋고 인간관계도 좋아 보여서 부럽다고도 했다. 그래서 나는 내가 괜찮은 줄 알았다. 다들 이 정도의 우울감은 갖고 산다고 생각했다. 속은 썩어 점점 문드러지는데 나는 아무것도 모른 채 더 망가져갔다.

결국 3학년이던 마지막 해에, 증상이 더 빈번해졌다. 자주 숨을 쉴 수 없었고 기절하기 직전까지 몸을 떨며 울었다. 자주 죽고 싶다고 생각했다. 내가 왜 이러는지 알 수가 없었다. 나 스스로가 너무 두려워서 방에 있던 모든 날카로운 물건을 버렸다. 나를 믿을 수가 없었다. 내가 나를 해칠 것 같았다. 이번에는 상황이 심각하다는 것을 인지했지만, 그래서 주변에 더더욱 알리지 못했다.

그러던 어느 날, 나와 지인들에게 너무나 충격적인 사건이 발생했다. 모두에게 사랑받던, 미래가 창창하던, 참 착하고 밝았던 후배가 스스로 목숨을 끊었다. 나와 친구들은 '후배가 왜 그런 선택을 했는지 도저히 믿을 수가 없다', '아무리 생각해도 말이 되지 않는다'를 반복했다. 왜 그 아이는 그토록 힘든 상황에서 아무에게도 속마음을 털어놓지 못했을까.

그런데, 사실 후배의 소식을 전해들었을 때 내가 가장 먼저 했던 솔직한 생각은 '부럽다'였다. 그 아이를 사랑하는 사람들에게는 정말 해서는 안 되는 말이지만, 적어도 그 순간만큼은 정말로 그 아이가 진심으로 부러웠다. 어떤 고통을 겪었든 너는 이제 그 고통에서 벗어났구나, 해방됐구나 싶었다. 나도 그만 힘들고 싶다. 이대로 모든 것이 멈춰버렸으면 좋겠다. 이것이 내 진심이라는 것을 깨닫는 순간, 내가 얼마나 위험한 상태인지 절감했다.

고민 끝에, 엄마와 가장 친한 친구들에게 조심스레 내 상황을 알렸다. 정신의학과를 신뢰하지 않던 엄마는 더 이상 살고 싶지 않다는 나에게 먼저 전문의 상담을 권했고, 친구들도 진심으로 나를 걱정해주었다. 고맙고 미안했다. 하지만 그들이 나를 살고 싶게 만들지는 않았다. 내가 만약 이 사람들 때문에라도 살아야겠다고 다짐했다면 오히려 그 부담감 때문에 정말로 죽었을지도 모르겠다.

정신의학과 전문의인 사촌 오빠에게 틈틈이 진료를 받으며 로스쿨 진학을 준비했지만 내 상태는 쉽게 나을 기미를 보이지 않았다. 하버드 로스쿨 합격 통보를 받고 나서 오빠는 나에게 행복해질 수 있는 방법, 스트레스를 줄일 수 있는 방법을 찾아보자고 권했지만, 그런 말이 무색하게 로스쿨 1년은 정말 힘들었다. 예상했던 것보다 할 일이 많지는 않았지만, 그건 내가 예상을 너무 심하게 했기 때문이었다. 내가 여태까지 했던 공부는 공부도 아니었구나 싶을 정도로 끝이 보이지 않는 리딩, 보이지 않는 수많은 견제와 경쟁, 바닥까지 내려가는 자존감, 어린 나이에 입학했기에 더 커져가는 외로움, 그리고 더 자주 찾아오는 발작까지.

이 드넓은 캠퍼스에서 아무도 나를 도울 수 없을 것 같았다. 이대로 가면 정말 죽을 것 같다는 생각을 몇 번씩 하는 동안 어느새 1학년이 끝나 있었다.

주변 사람들은 내가 한국으로 돌아가면 좀 나아질 거라 생각했다. 나도 그러길 바라는 심정으로 한국으로 돌아와 여름방학 동안 어느 로펌에서 인턴으로 일했다.

하지만 슬프게도 나는 모두의 바람을 시원하게 깨버리고 어느 일요일 한적한 오후, 가족이 다 있는 집에서 방문을 잠근 채 발작을 일으켰다. 눈물이 줄줄 흐르는데 숨은 못 쉬겠고, 입에서는 짐승 소리가 새어 나왔다. 팔다리는 온통 마비된 것처럼 저렸다. 결국 아빠가 방문을 따고 들어오셔서 급하게 약을 먹이고 내 팔다리를 주물러주셨다.

"윤지야, 괜찮아. 숨을 내쉬고 들이쉬고. 아빠랑 같이 천천히 해보자. 옳지. 괜찮아. 다 괜찮아."

그렇게 30분이 흐르고, 기진맥진한 채 겨우 진정이 된 나를 아빠가 침대에 눕혀주며 말씀하셨다.

"우리 딸 고생했어. 또 한 번 잘 지나간 거야."

그때, 나도 모르게 속으로 웃음이 나왔다. 또 한 번 지나간 거라니. 나는 언제까지 이렇게 살아야 하는 걸까? 혹시 죽을 때까지? 어떻게 해야 나을 수 있을까? 나는 평범해질 수 있을까?

한국에서도 내 증상이 나아지지 않는다는 걸 깨닫고 부모님과 상의한 끝에, 사촌 오빠에게 항우울증과 신경안정제를 처방받았다. 6개월 이상 복용해야 효과가 있을 거라던데 오빠 말대로 매일 꾸준히 먹었더니 몇 년간 나를 괴롭혔던 불안감이 조금은 나아지는 게 느껴졌다. 이렇게 편한 상태를 놔두고 어떻게 그 불안을 안고 살았는지 신기할 정도였다. 불안은 어릴 때부터 나에게는 디폴트 값이었기에 처음에는 편안한 상태가 익숙하지 않았다. 그런데 약 복용을 깜빡한 날에는 어김없이 눈물이 흐르고 우울해지는 걸 느끼면서 두려워졌다. 나는 약이 없으면 안 되는 걸까?

인턴으로 근무하던 어느 날에는, 변호사 한 분이 인턴들에게 해주신 말에 자극을 받아 서둘러 일을 끝내고 비상계단으로 달려가서 온몸이 부서지도록 운 적도 있다. 정말 오늘이 내 마지막 날이라고 생각했을 정도였다. 이제는 남자친구고 가족이고 친구고 다 필요없고 그저 편안해지고 싶을 뿐이었다. 내 전화를 받은 사촌 오빠가 사태가 심각하다고 느꼈는지 엄마에게 연락하자고 다급하게 설득했지만, 그저 모든 걸 끝내고 싶다는 생각뿐이었다. 세상만사가 의미가 없고 부질없게 느껴졌다.

나는 지금도 여전히 살기 위해 약을 먹고 있다. 상태가 괜찮을 때는 세상 밝고 따뜻하고 사랑스러운 이십대 청년이 되지만, 한없이 우울해질 때는 그저 소리 내어 울고, 사람들을 피해 내 안으로 숨어든다.

대체 무엇이 나를 이토록 오랜 시간 숨 막히게 만드는지 정확하게는 알지 못한다. 하지만 많은 사람들이 부러워하는 내 왕관이 나를 옥죄고 있다는 사실은 분명하다. 누군가는 그 왕관 또한 내가 선택한 것이고 어쨌든 좋은 결과이니 그 정도의 무게는 당연히 견뎌야 한다고 말할지도 모르겠다.

하지만 내 생각은 조금 다르다. 얼마 전 민사고에 진학하고 싶다는 학생을 소개받아 만난 적이 있다. 어린 나이에 비해 똑똑하고 야망도 있던 그 학생은, 자신이 좋은 부모님을 만나 다양한 사람들을 만나고 넓은 세상을 보는 법을 배웠으니 행운이라고 했다. 꿈을 꿀 수 있고 그 꿈을 이루기 위해 노력할 수 있으니 자신은 부모님의 사랑과 타고난 행운에 평생 보답하며 살아야 할 것 같다고 말했다. 가끔은 답답하고 부담스러울 때도 있지만, 드라마 〈상속자들〉에 나오는 '왕관을 쓰려는 자, 그 무게를 견뎌라'라는 말처럼 세상에는 참고 견뎌야 하는 부분이 있는 것 같다고 말하는 이 어린 친구에게, 나는 무슨 조언을 해주어야 할까?

"화려하고 무거운 왕관의 무게를 견뎌야 한다는 말이 왕관을 항상 쓰고 있어야 한다는 뜻은 아니라고 생각해. 언니는 너보다 겨우 몇 년 더 살았을 뿐이지만, 지금까지 살면서 깨달은 게 있어. 내가 정말 견디기 힘들고 눈물이 나오려고 할 때는 왕관을 벗어놔도 그걸 훔쳐갈 사람이 없다는 거야. 네가 지금까지 노력해온 시간은 다른 사람들이 적당히 흉내 낸다고 따라올 수 없어. 너무 힘들 때는 내려놔도 되니까 왕관을 너무 부담스럽다고 생각하진 마. 너에게 힘을 주고 꿈을 이뤄줄 수단일 뿐, 왕관이 너를 갉아먹게 해서는 안 되잖아. 애초에 왕관을 쓰려고 했던 이유가 뭐였는지 잊지 마."

이 말은 그 학생에게 건네는 조언인 동시에 나에게 전하는 위로이기도 했다. 나는 분명 내 머리 위에 겹겹이 쌓여가는 왕관 때문에 죽을 뻔했었다. 그 누구도 나에게 잠시 쉬어가도 된다고, 여태 내가 기울인 노력이 잠깐 쉰다고 무너지거나 어디로 사라지지 않을 거라고 얘기해주지 않았다. 그래서 나는 죽고 싶다고 생각할 만큼 힘들 때도 왕관을 내려놓지 못했다.

이제는 내가 이루고 싶은 꿈을 향해 달려가면서도 소소한 행복의 순간들을 놓치지 않으려고 노력한다. 그러기 위해 먼저 왕관의 무게에 짓눌리지 않는 연습을 하고 있다. 이제는 내가 쌓은 수많은 노력들이 그렇게 쉽게 사라지지 않는다고, 진심으로 믿는다.

우리는 모두 다르다고
가르치는 교육

손원평 작가님의 《아몬드》에는 알렉시티미아, 즉 감정표현 불능증을 가진 주인공 윤재가 등장한다. 찾아보니 편도체의 크기가 정상 범위에 비해 작을 경우, 감정 중에서도 특히 공포를 잘 느끼지 못하지만 후천적인 연습으로 어느 정도까지는 개선될 수 있다고 한다.

감정표현 불능증을 가진 윤재는 감정을 느끼는 법을 배우고 연기를 해야 그나마 '평범하게' 살아갈 수 있다. 노력한다고 남들이 느끼는 감정을 똑같이 느낄 수 있는 게 아니니 당연히 눈에 띌 수밖에 없다. 사람들은 이 아이를 사이코패스 또는 괴물이라고 부른다. 하지만 나는 책을 읽으면서 어쩌면 윤재야말로 괴물과 가장 거리가 먼 사람이지 않을까 하는 생각을 했다.

나는 다른 사람들에 비해 감정이 풍부한 편이다. 심적으로 예민하고 공감을 잘하는데, 때로는 이것이 약점으로 작용할 때도 있다. 나는 상대적으로 여린 편이면서도 항상 내가 느껴보지 못한 감정을 궁금해한다. 그래서 대학생 때는 범죄심리에 빠져들기도 했다. 누군가 어떤 일을 했다고 말하면 그래서 결과가 어떻게 되었는지보다 그 일을 하면서 어떤 기분을 느꼈는지 묻는다. 그런 나에게 윤재는 색다른 탐구 대상이었다.

윤재는 감정을 느끼지 못해도 다른 사람을 배려할 줄 알고 자신이 맡은 일에 최선을 다한다. 주변 사람들의 안부를 궁금해하고 인간이란 어떤 존재인지, 감정이란 무엇인지 끊임없이 고민한다. 당연히 인간관계에 책임을 질 줄도 안다. 소설 속 다른 인물들이 묻지 마 폭행으로 흉기에 찔려 죽어가는 사람을 구경만 하고, 뉴스에 등장하는 전쟁 피해 아동을 아무렇지 않게 보면서 옆 사람과 대화를 나누고, 복장이 조금 불량하다는 이유로 아이의 이야기를 들어주려 하지 않는 것에 비하면 윤재는 얼마나 인간적인지.

실제로 많은 사람들은 자신이 상처받지 않기 위해 타인에게 먼저 상처를 주고, 자신이 약하다는 점을 들키지 않으려고 정작 중요한 것을 놓치고 산다. 그런데도 사람들은 윤재를 괴물이라고 부른다.

우리는 자신과 조금이라도 다른 사람을 보면 "쟤는 참 이상해"라는 말을 쉽게 내뱉지만, 나는 이 책을 읽으면서 인간적인 게 과연 무엇인지 다시 한번 고민하게 되었다. 개인적으로는 지금 우리 사회에 가장 필요한 교육 중 하나가 "너는 나와 다르지만, 서로를 이해할 수 있을 정도로는 비슷하다"라는 점을 인식시키는 공감 교육이라고 생각한다. 누구나 타인에게 완벽히 공감할 순 없지만, 훈련을 한다면 서로가 다르다는 점을 인정하고 상대가 어떤 가치관을 가지고 사는지 이해할 수는 있을 테니까. 성별이 다르다고, 삶의 지향이 다르다고, 몸이 불편하다고, 취미나 관심사가 특이하다고 무시하는 일이 얼마나 다반사인지.

타인에 대한 무지에서 비롯되는 많은 차별과 편견을 이야기할 때, 우리나라 교육 제도를 언급하지 않을 수 없다. 성적만으로 인정받는 사회에서 청소년들이 학창 시절 내내 친구를 경쟁자로 여기도록 만들어놓고는, 아이들이 공부도 잘하고 정서적으로나 인격적으로도 성숙하게 자라길 기대하는 게 과연 가능한 일일까?

많은 학교에서 나중에 사회에서 쓸 일이 거의 없는 수학을 어렵게만 가르쳐, 얼마든지 재미있게 배울 수 있는 수학이라는 학문 자체에 치를 떨게 만든다. 인생은 한방이라고 가르치고 싶은 건지 수능이나 LEET(로스쿨 입학 시험)처럼 중요한 시험을 1년에 한 번만 치도록 제한하는데, 이건 다른 나라에서는 절대 찾아볼 수 없는 방식이다. 누구나 긴장하면 실수할 수 있고 부담감 때문에 실력을 발휘하지 못할 수도 있는데, 그 당연한 사실을 고려하지 않고 예산만 언급하며 다른 방안을 고민하지 않는다.

전 국민이 대학을 졸업해야 할 이유가 없는데도, 대학 졸업장이 없으면 일단 무시하고 기회조차 주지 않는 사회 때문에 굳이 대학 졸업장이 없어도 다른 재능으로 충분히 행복하게 살 수 있는 아이들을 온통 대학으로 쑤셔넣는다. 그러니 온갖 고생 끝에 좋은 대학에 합격해도 이십대 초반이라는 어린 나이에 번아웃에 시달리는 학생들도 있고, 내가 지금 뭘 하고 있는 건지 방황하는 학생들도 넘쳐난다.

나에게도 고등학교 3년은 '대학 입학'이라는 하나의 거대한 산을 넘어야 하는 시간이었다. 대학 입학 후에 뭘 하고 싶은지 고민할 여유 같은 건 없었다. 지금 생각하면 조금 허무하지만, 그때는 정말 입학만 인생의 전부였고 지금 3년이 앞으로 펼쳐질 내 모든 인생을 통틀어 가장 힘들고 고통스러운 시기라고 생각했다. 이 시간만 잘 버티면 지금보다 큰 고통도, 슬픔도, 인내도 없을 거라 믿었다. 친구들도 마찬가지였다.

하지만, 너무나 당연한 말이지만, 입시가 끝난다고 인생의 불행이 끝나는 것은 아니었다. 입시와는 비교도 되지 않는, 진짜 중요한 인생의 시험이 와르르 몰려왔다. 진로를 고민하며 결정해야 하는 살 떨리는 선택지, 누군가를 잃고 떠나보내며 느끼는 상실감과 허탈감, 이제서야 너는 무엇을 하고 싶냐고 묻는 어른들. 단계별로 미션을 수행하듯 하나하나 할 일을 해치워도, 이내 눈앞에는 또 다른 무거운 미션이 기다리고 있었다. 넘어야 할 산이 또 하나 나타날 때마다 이 산만 넘으면 된다고, 그럼 난 행복해질 거라고 스스로를 달랬다.

지식 전달뿐 아니라 타인과 공존하는 법을 가르치는 것이 교육의 진정한 목적이다. 아무리 혼자 보내는 시간을 좋아하는 사람이라도 사회 생활을 아예 하지 않고 살기는 힘들다. 지금처럼 아이들에게 남을 이기는 법, 시험에서 점수 잘 받는 법, 상대방의 약점을 악용하는 법만 가르쳐놓으면 우리는 계속 누군가를 혐오하며 살아갈 수밖에 없을 것이다. 좋은 성적을 받아 명문대에 진학하고 삼성 같은 대기업에 들어가 돈 많이 벌고 결혼하는 것이 잘사는 인생이라고 가르치는 사회에서 제2의 김연아 선수나 방탄소년단 같은 인재가 나오길 바라는 건 너무 이기적이지 않을까?

나는 진심으로 우리나라가 차별과 혐오가 없는 사회가 되길 바란다. 그리고 이런 나라를 꿈꾸는 사람이 나만은 아닐 거라 생각한다. 혹시 어린아이들부터 우리 모두는 서로 다른 존재라는 것을 인정하고 소통하는 법을 가르친다면, 많은 사람들이 바라는 세상이 더 빨리 올 수 있지 않을까?

나는 교육학과 행정학을 공부한 적이 없어서 현실 가능성이 얼마나 될지 모르겠지만, 내게 권한이 있다면 책을 통한 공감대 형성

교육을 한번 도입해보고 싶다. 유치원과 초등학교 저학년 교실에 다양한 주제를 다룬 책을 비치해두고 하루 한 시간씩 독서 시간을 갖는 것이다. 정부에서 예산을 마련할 수도 있고(물론 말도 안 되게 예산안이 통과되기 힘들겠지만) 원하는 학부모들만 참여해 일정 회비를 받아 책을 구입할 수도 있다.

어떤 책을 읽을지는 선생님이 정해주기보다 아이들이 각자 그날의 기분과 취향에 맞게 고르도록 한다. 담당 교사가 부족해 모든 아이의 독서를 도울 수 없다면 자원봉사자를 모집하는 건 어떨까? 유아교육이나 초등교육에 관심 있는 대학생도 좋고, 정년 퇴임한 할머니, 할아버지 세대도 괜찮지 않을까. 직접 책을 고르고 읽고 친구와 대화를 나누면서 5~6년을 보내면, 세상에는 나와 다른 사람들이 있고 그 사람들도 나처럼 존중받아야 한다는 사실을 자연스럽게 인지할 수 있지 않을까.

우리나라의 교육 제도가 하루아침에 바뀌진 않더라도 어린 시절 이렇게 마음의 그릇을 넓힌 아이들은 분명 성인이 되어서도 자신의 자존감뿐 아니라 타인의 존엄성도 더 잘 지킬 수 있을 거라 확신한다.

입시가 너를 끌고 가게
내버려두지 마

　내가 유독 나보다 어린 학생들의 행복에 관심이 많은 데는 아마 남동생 영향이 크지 않을까 싶다. 어릴 때는 자주 싸우기도 했지만, 둘 다 성인이 된 지금은 예전에 비해 대화는 줄었어도 서로에게 조금은 더 든든해진 느낌이 있다. 네 살 어린 동생이 사회에 발을 내디딜 때 나보다 덜 헤매고 덜 아파하기를 바라는 마음이 커서인지 4년 먼저 이런저런 우여곡절을 경험한 내 입장에서는 틈틈이 조언과 위로를 건네게 된다.

　동생은 어릴 때부터 관심 없는 척하면서도 내가 하는 말을 주의 깊게 듣는 편이었다. 그래서인지 동생에게 꼭 해주고 싶은 말이 있을 때는 마주보고 앉아서 진지하게 하기보다 지나가듯 무심하게 하는 게 더 편했다.

　얼마 전에는 동생과 함께 드라마 〈시그널〉을 보던 중 청소년 집단 성폭행에 관한 이야기를 하게 되었다. 드라마에서 반 친구들과 부모들이 가해자들이 아닌 피해자에게 도리어 손가락질을 하자 나도 모르게 화가 나서 중얼거렸다. "뭐 저런 2차 가해가 있어? 가해자들을 비난해야지 피해자가 뭘 잘못했다고 저래? 언제까지 피해자한테 네가 행실을 잘못했겠지, 네가 먼저 꼬신 거 아냐? 옷을 그렇게 입었으니 먼저 유혹한 거나 다름없지 같은 말을 할 거야? 정말 소름 끼쳐."

그러고 나서 슬쩍 동생을 쳐다보았다. 동생은 별다른 대꾸 없이 드라마를 계속 보고 있었지만, 성폭행 가해자들이 처벌을 피해가는 장면이 나오자 답답했는지 크게 한숨을 내쉬었다. 그 모습을 보고 조금은 다행이라고 생각했다. 동생의 의견도 나와 같다고 느꼈기 때문이다. 나는 단순한 드라마 평이 아니라 동생이 앞으로 사회에서 수없이 마주하게 될 편견을 미리 이야기해주고 싶었다.

하루는 동생이 친구들과 길을 가던 중에 어떤 남자가 여학생을 몰래카메라로 찍는 걸 보고 항의한 적이 있다. 동생은 그날 친구들과 경찰서에 다녀왔는데, 동생의 안전이 최우선이었던 엄마는 앞으로 네가 위험해질 수 있는 일에는 절대 나서지 말라고 신신당부를 하셨다. 하지만 나는 동생이 정말 자랑스러웠다. 몰래카메라 촬영이 당연히 범죄라는 걸 알면서도 너무나 많은 사람들이 아무렇지 않게 저지르는 데 비해, 이런 행동을 절대 해서는 안 된다는 사실을 확실하게 인지하고 있는 동생이 고마웠다. 그날 내 동생과 친구들이 아니었다면 피해를 입은 여학생은 얼마나 힘든 시간을 보내야 했을까. 앞으로도 내 동생이 타인에게 피해를 주지 않는 범위 내에서 자기 권리를 행사하고 행복을 추구하는, 건강한 자존감을 지닌 사회 구성원으로 성장하길 바란다.

앞에서도 우리나라 교육 제도에 대해 언급했지만, 이 문제에 관심을 갖게 된 시기도 동생이 입시 문제로 힘들어하던 시기와 비슷하다. 아직 어떤 사람이 되고 싶은지 고민해본 적도 없는데 친구들보다 높은 점수를 받아야 어디든 합격할 수 있다는 현실은 내 동생을 비롯한 많은 청소년들로 하여금 친구를 친구가 아닌 라이벌로 인식하게 만든다. 이 때문에 괴로워하는 내 동생과 또래 후배들을 볼 때마다 마음이 정말 답답했다.

동생이 수능을 치르던 해에도 나는 보스턴에서 온 마음을 꾹꾹 담아 응원 편지를 보냈다. 이 편지를 SNS에 올렸더니 그해에 수능을 치르던 후배나 동생들이 혹시 자기 주변에 보여줘도 되느냐고 물었다. 한국에서 입시생으로 산다는 게 얼마나 힘든 일인지 잘 알아서인지 내 글이 잠시나마 위로와 힘이 된다면 그것만으로도 감사할 따름이다. 이 책을 통해 앞으로 수능이나 중요한 시험을 치르게 될 수험생들에게 진심 어린 격려를 전하고 싶다.

사랑하는 내 동생
그리고 모든 후배들에게

　　　너랑 마지막으로 만났을 때 네가 나한테 물었지. 수능이 임박했을 때 멘탈 관리를 어떻게 해야 하느냐고. 하루라도 빨리 알려주고 싶었는데 생각보다 오랜 고민 끝에 편지를 쓰게 되었어.

처음에는 뻔한 말이 떠올랐어. 너 자신을 믿어라. 끝까지 최선을 다해라. 문제 하나에 너무 흔들리지 말아라. 충분히 자고 비타민도 챙겨 먹어라. 남과 비교하지 말고 네 길만 걸어라. 지금이 인생의 끝이 아니다. 어쩌면 시작일지도 모른다. 고생 끝에 낙이 온다. 이런 식상하지만 사실인 말들?

그런데 내가 정말 아끼는 내 동생에게, 남들도 쉽게 해줄 수 있는 이런 말보다 더 진심이 담긴 말을 해주고 싶다는 생각이 들었어. 잠깐 쉬는 시간이 생기면 방탄소년단의 〈앤서: 러브 마이셀프 Answer: Love Myself〉를 들어볼래?

에이 뭐야, 하고 넘기지 말고 일단 힘들 때 가사를 읽어봐. 내가 그랬듯 어쩌면 너도 생각보다 더 많은 위로를 받을지도 몰라. 이 노래가 전하는 메시지가 '세상에서 제일 어려운 일이 나 자신을 있는 그대로 사랑하는 일이지만, 그래도 이런 나를 아껴주고 사랑해주자'거든.

누나가 봤을 때 너는 분명히 너 자신을 사랑하고 있고 자신감도 있지만, 가끔은 정말로 내 자신이 나를 있는 그대로 받아들이고 사랑해주고 있는지 한번 자문해보면 좋겠어. 누나는 그러지 못하거든. 매 순간 열심히 살아서 지금 위치까지 왔지만 나 자신을 사랑한 적이 별로 없었어. 정해둔 기준에서 조금이라도 벗어나면 스스로를 원망했지. 이제야 나에게 '너는 뭘 좋아하니?', '뭘 하고 싶니?', '어떤 꿈을 꾸고 어떤 생각을 가지고 있니?' 같은, 정말 간단하지만 너무나 중요한 질문을 하고 있어. 25년을 살았는데도 내가 나를 잘 모르는 것 같아 슬프더라.

멘탈 관리랑 이게 무슨 상관이냐고? 누나는 지금 너에게 수능 전의 멘탈 관리법뿐 아니라 앞으로 인생을 살아가는 데 있어 어떤 태도를 가져야 네가 더 건강하고 행복할 수 있을지 알려주고 싶어. 어쩌면 이 방법이 정답이 아닐지도 모르지만, 지금 누나가 실천하는 방법이라 사랑하는 너에게도 알려주고 싶었어.

수능은 당연히 많이 부담스러운 시험이야. 어쩌면 인생이 달린 게 맞을지도 몰라. 그런데 네가 지금 어떤 꿈을 꾸고 있어서 하루 네 시간밖에 못 자면서 공부를 하고 이 문제를 푸는지 매일 1분씩이라도 고민한다면, 네가 수능을 대하는 태도가 달라질 거야.

두려운, 이겨야 할 대상이 아니라 네가 원하는 길을 가기 위한 하나의 수단이라고 생각할 수도 있지 않을까? 너는 지금 충분히 열심히 하고 있어. 얼마나 대견하고 멋있는지 몰라.

너를 사랑하는 사람들의 응원을 무기 삼아 너 자신을 믿길 바라. 네가 하고 싶은 일을 떠올리고, 살고 싶은 미래를 그리면서 끝까지 파이팅길 바라. 수능이 너를 좌지우지하게 만들지 말고 너를 끌고 가게 내버려두지도 마. 네 인생의 주인은 너고 수능은 네가 인생을 조금이라도 더 편하게 살 수 있도록 도와주는 도구라고 생각하길 바라. 그러면 한 번의 실수가 그렇게까지 큰 타격으로 와 닿진 않을 거야. 단지 시험을 위한 공부라고 생각하지 말고 너를 위한, 네 인생을 위한 공부라고 생각하길 바라. 지금 이 시간이 오래도록 너에게 추억과 힘이 되어줄 거라 믿어.

누나가

미성숙했던 진심

너의 화려한 색감과 은은한 향기가
순식간에 내 마음속 깊숙이 파고들어
조심스레 다가가 양손 가득 너를 들어올렸다
마음이 일렁일 정도로 아름다운 네가
어딘가로 영영 날아가버릴까 두려워
너를 담은 두 손을 꽉 움켜쥐었다

찬바람과 눈과 비로부터 지켜주는 거라 속삭이며
너보다 나 스스로를 설득했다
결국 네가 바스러질 것을 알면서도 외면했다

시간이 흘러 바람이 조금 잔잔해졌을 때
아무도 모르게 주먹을 살짝 펴보니

너는 역시나 바짝 말라버렸다

네가 시들길 바라 손에 넣은 게 아니었는데
살짝만 건드려도 가루가 될 것 같은 너를 보니
지난날 내 선택들을 돌아보게 되더라
내 손에서는 네가 오래 머물지 못할 것 같았다
오히려 진심과 존중으로 너를 대했다면
네가 내 손에서 더 아름답게 빛날 수 있었을 텐데

뒤늦게라도 깨달은 지금
너에게 본래의 반짝임을 되돌려줄 수 있을까

설령 그것이 자유롭게 떠나가는 너를
조용히 지켜보며 뒤에서 응원하는 것일지라도
내 성숙하지 못했던 진심을 책임지기 위해
무엇이든 할 수 있는데

　사람에게 심하게 상처를 받아 아무도 믿지 못했던 때가 있었다.
심리적으로 불안정한 상태일 때 만난 지금의 남자 친구는 자신의
넓은 인간관계를 좁히면서까지 내 곁을 지키면서 내가 외로워하
지 않게 달래주곤 했다. 남자 친구 덕분에 나는 많이 밝아졌지만,

문제는 내가 밝아질수록 남자 친구가 서서히 무너지기 시작했다는 것이다. 나를 위로해주고 싶은 마음이 앞선 나머지 본인이 얼마나 힘든지를 별로 생각하지 않았던 것이다.

나를 만나기 전까지 늘 모임의 중심에서 활발하게 지내던 남자 친구가 어느새 자신을 잃어버린 것 같다며 많이 우울해하는 모습을 보는 순간, 마음이 찢어지는 듯했다. 어떻게 하면 남자 친구가 다시 행복해질 수 있을까, 어디서부터 잘못된 걸까 고민하며 쓴 글이 '미성숙했던 진심'이라는 시였다. 사랑이라는 이름으로 상대를 가뒀던 예전의 나를 반성하며 남자 친구가 빨리 본래의 모습을 되찾기를 바라는 마음을 담아 이 시를 선물했다. 시를 읽고 따뜻한 미소를 지으며 안아주던 남자 친구의 품에서 나는 조용히 흐느꼈다.

지금도 우리는 여전히 서로에게 맞춰가는 중이지만, 나는 남자 친구와의 관계에서 고민이 생길 때마다 글로 내 마음을 전한다. 글을 쓰면서 침착해지는 마음이, 불연듯 떠오르는 감사한 순간이, 내 마음을 돌아보는 시간이 우리의 관계를 더욱 끈끈하게 만들어준다.

지금 내가 하는 고민을
먼저 했던 사람들

깊은 애정으로 맺어진 관계일수록 위험해질 가능성도 크다고 생각한다. 부모가 이루지 못한 꿈을 자녀가 대신 이뤄주길 바라는 과정에서 사랑이 폭력이 되기도 하고, 연인을 믿지 못해 감시하기도 한다. 단짝이라 믿는 친구가 나하고만 친하게 지내기를 바라기도 한다.

이런 관계는 생각보다 흔히 볼 수 있다. 부모와 자녀 관계, 연인 관계, 친구 관계 모두 상대를 향한 사랑과 관심이 필수적이지만, 관심이 선을 넘어서면 가장 큰 상처를 줄 수 있는 관계가 되기도 한다.

나 또한 온 마음을 다해 누군가에게 집착한 적도, 누군가로부터 내가 줄 수 없는 애정을 요구받고 힘들었던 적도 있다. 나는 유난히 예민하고 눈치가 빨라서 언제나 균형 잡힌 인간관계를 유지하기 위해 많은 노력을 쏟지만, 적당한 관심과 사랑을 주고받기란 늘

어렵다. 부모님께 조언을 구하거나 친구들에게 상담을 요청하기도 하지만, 때로는 나 스스로도 나의 불편하고 속상한 마음이 이해가 되지 않아 쉽게 누군가에게 도움을 청할 수 없다.

이런 어려움에 부딪칠 때마다 나는 책을, 특히 문학작품을 읽는다. 대부분의 문학은 한 사람이 다른 사람과 관계를 맺으며 살아가는 방식과 경험하는 세상에 대해 이야기하기 때문에 이런저런 책을 읽다 보면 내 혼란을 설명해주는 해답을 찾곤 한다. 다행인 점은, 나의 고민이 대체로 수많은 사람들이 이미 과거에 했던 고민이라 생각보다 쉽게 답을 찾을 수 있다는 것이다.

책을 읽는 것으로 그치지 않고 책을 통해 내가 느낀 감정을 정리해두면 당시의 내 생각이 좀 더 선명하게 정리되는 것은 물론, 가끔은 내 글을 읽고 감사 인사를 건네는 분들을 만나기도 한다. 이런 선순환에 매번 감동을 받다 보니 오늘도 한 권이라도 더 읽고 짧게나마 글을 남겨야겠다고 다짐하게 된다.

한창 길을 잃고 헤매던 나에게 마음의 지도가 되어준 책 중에 김영하 작가님의 《오직 두 사람》을 빼놓을 수 없다. 이 책을 읽기 전에는 두 사람만으로 이루어진 세계가 참으로 아름답고 찬란할 거라 믿곤 했다. 하지만 이 책을 읽으면서 내가 상상했던 두 사람만의 달콤한 세계는 어쩌면 정말로 고독하고 답답한 곳일지도 모른다는 생각을 하게 됐다.

불신과 혐오가 가득한 이 세상에 과연 누굴 믿고 의지해야 할까 걱정하던 시기에는 우연히 김연수 작가님의 《네가 누구든 얼마나 외롭든》을 읽었다. 밑줄 그었던 여러 구절 중 하나인 "다만 내게 말을 걸고, 또 내가 누구인지 얘기해줄 수 있는 사람이 이 우주에 한 명 정도는 더 있었으면 좋겠어. 그게 우주가 무한해야만 가능한 일이라면 나는 무한한 우주에서 살고 싶어. 그렇지 않으면 너무 추울 것 같아"를 몇 번이나 곱씹으면서 외로움에 시리던 내 가슴이 따뜻해지는 걸 느꼈다. 세상에서 이런 고민과 걱정을 안고 살아가는 사람이 나 하나만은 아니구나 싶어 더 이상 혼자라고 느껴지지 않았다.

친구와 애정결핍, 불균형한 관계, 채워지지 않는 허전함에 대해 한창 대화를 나누던 시기에는 프랑수아즈 사강의 《브람스를 좋아하세요》를 읽었다. 1950년대를 살던 사람들도 지금 우리와 너무나 비슷한 고민을 했다고 생각하니 한편으로는 신기했고, 지금의 노인 세대가 더욱 친근하게 다가오기도 했다.

이 작품 속 주인공 로제는 폴과 연애를 하면서도 다른 여성들을 쉽게 유혹하며 수많은 밤을 함께 보내지만, 자신에게 진정한 사랑은 폴뿐이라고 믿는다. 다른 여성들은 자신의 호기심을 자극하는 천박한 대상일 뿐, 폴만이 자신을 있는 그대로 품어주며 언제 돌아가도 반겨주는 존재라고 생각한다.

하지만 로제의 자유분방한 태도 때문에 극심한 외로움을 느끼던 폴은, 점점 자신이 로제가 몹시 싫어하는 독점욕 강하고 집착하는 여자로 변해가는 것 같아 불안해한다.

그러던 어느 날, 로제의 바람기와 거짓말을 알면서도 매번 모른 척 넘어가던 폴 앞에 시몽이 나타난다. 시몽은 폴이 로제에게 받지 못했던 열정적이고 헌신적인 사랑과 관심을 보여준다. 로제의 무심함에 지쳐가던 폴은 자신에게 집중하는 시몽에게 흔들려 잠시 그를 만나지만, 로제와 폴은 서로의 부재를 견디지 못하고 재회한다. 하지만 두 사람이 재회한 바로 다음 날, 로제는 폴에게 전화를 걸어 식사 약속을 못 지킬 것 같다고 전한다. 폴에게 정착하지 못하고 여러 사람과 사랑을 나누며 방황하는 로제를 보면서, 한동안 사랑이라는 감정이 몹시 허무하게 느껴졌다.

《브람스를 좋아하세요》를 읽으며 심란해진 마음을 달래고자 다음 책으로 고른 것이 한결 같은 사랑의 상징인 괴테의《젊은 베르테르의 슬픔》이었다.

《젊은 베르테르의 슬픔》을 읽는 동안에는 로테를 향한 베르테르의 정열적인 사랑이 회오리치듯 나를 휘감았다. 로테의 말 한마디, 눈빛 하나에 천국과 지옥을 오가는 그의 심정이 백번 이해가 되었다. 만약 괴테가 베르테르처럼 약혼자가 있는 여인을 사랑한 경험이 없었다면 이렇게 짙은 감정을 글로 쓸 수 있었을까.

《젊은 베르테르의 슬픔》을 뮤지컬로 감상할 때는 나도 로테처럼 누군가에게 해바라기 같은 사랑을 받을 수 있다면 얼마나 좋을까 싶었는데, 베르테르의 날 것 그대로의 감정을 활자로 읽는 동안 생각이 바뀌었다. 누군가가 나를 이렇게까지 원한다면 두려움을 느낄 것 같다. 나의 별생각 없는 표정과 말로 앓아누울 수도 있는 사람이 있다는 건 무서운 일이다.

알베르트의 입장에서 쓴 책이 있다면 날이 선 경계심이 가득했겠지. 친구라 믿었던 사람이 내 배우자를 향한 사랑을 주체하지 못하고 쓴 편지들이 몇 세기가 지나도록 사람들에게 읽힌다는 사실을 알게 된다면, 충격을 금치 못할 것이다.

로테가 알베르트를 떠나 베르테르의 사랑을 받아들였다면 어땠을까 상상해보면, 회의감이 드는 게 사실이다. 두 사람이 이어졌다면, 베르테르는 과연 얼마나 오래도록 로테를 사랑했을까? 어쩌면 가질 수 없는 사람이라 꾹꾹 눌러담았던 마음이 댐이 터지듯 폭발했던 것은 아닐까.

이 상상의 끝이 어찌되었든,《젊은 베르테르의 슬픔》은 많은 사람들이 꼭 원전을 읽어봤으면 좋겠다. 인간의 벌거벗은 마음이 얼마나 순수하고 광적일 수 있는지 궁금하다면 더더욱.

나는 고전문학에도 우리가 자주 하는 연애와 사랑, 집착과 이별에 대한 고민이 녹아 있다는 사실을 깨달으면서 고전문학의 매력에 흠뻑 빠져들었다. 세상은 끊임없이 변화하고 새로운 기술은 따라가기가 벅찰 정도로 하루가 다르게 발전하지만, 인간의 감정과 관계에 대한 고민은 예나 지금이나 다를 바가 없다는 점이 내게 묘한 안도감을 주었다. 내가 하는 고민이 지금 시대에만 존재하는 고민이 아니라는 말은 궁금증을 해결하고 답답함을 해소하기 위해 읽어볼 만한 책이 그만큼 많아진다는 뜻이기도 하다. 새삼 설레고 행복해진다.

엄마 아빠 딸로 태어나서
행복하고 감사해요

혼자서 오랫동안 유학 생활을 해온 나에게 공항은 언제나 눈물이 가득한 공간이다. 그런데 공항에서 유일하게 활짝 웃으며 다니는 때가 있다. 학기를 마치고 한국으로 들어올 때다.

내가 입국할 때는 언제나 사랑하는 아빠가 마중을 나오신다. 보통 새벽에 도착하기 때문에 나를 데리러 오시려면 새벽 서너 시에는 집에서 출발하셔야 하는데, 매번 오랜 비행으로 지친 나를 꼭 안아주시고 내 몸만한 가방을 대신 끌어주신다. 졸린 눈을 비비면서도 짐가방을 끌고 주차장으로 향하는 아빠의 뒷모습을 보면 애틋한 감정이 들어 몰래 사진으로 담아두기도 한다.

차에 타면 가장 먼저 엄마에게 전화를 건다. 엄마는 내가 비행을 할 때마다 걱정이 되어 편히 못 주무신다. 새벽 여섯 시쯤 집에 도착하면 우리 딸 고생했다며 두 시간 뒤에 출근을 하셔야 하는데도 분주하게 밥을 차려주신다. 식탁에는 항상 내가 좋아하는 나물

반찬, 간장게장, 전, 미역국, 갈비찜 등이 가득 차려져 있다. 엄마의 사랑이 가득 담겨 있어서인지 유독 한국에 도착해서 먹는 첫 끼니는 나를 울컥하게 만든다. 이렇게 온 마음을 다해 나를 응원하고 사랑해주는 가족이 있기에 나는 어디서든 늘 든든하고 감사한 마음을 갖게 된다.

주변 사람들이 나를 보며 유독 신기해하는 부분 중 하나는 바로 아빠와의 관계다. 보통 아빠와 딸은 사춘기 시기를 기점으로 급속도로 멀어지는 경우가 많다고 들었다. 그런데 나는 이십대 중반이 된 지금도 아빠와 정말 많은 대화를 나누고 애교도 자주 부리며 애정 표현을 실컷 한다. 어떻게 그 예민한 사춘기 시절을 겪으면서도 아빠와 어색해지지 않았을까 생각한 끝에, 이건 다 부모님 덕분이라는 결론을 내리게 되었다.

나는 또래 친구들에 비해 가족과 떨어져 보낸 시간이 상당히 긴 편이다. 고등학교 때는 강원도 횡성에서 기숙사 생활을 했고 대학 시절은 미국 노스캐롤라이나에서 보냈고, 지금은 보스턴에서 자취를 하고 있으니까. 방학 때마다 한국에 와서 가족과 시간을 보내지만, 매일 붙어 있을 수 있는 축복을 누리진 못했다. (물론 누군가에겐 이게 불행일 수도 있다.)

그래도 고등학교 시절 내가 외로워하고 힘들어할 때마다 피곤함을 무릅쓰고 횡성까지 찾아와 맛있는 음식을 사주셨던 부모님

덕에 가족과 멀어지지 않았으니, 이런 부모님의 딸로 태어난 게 늘 든든하다. 최근에는 아빠가 학회 일정을 조절하며 해마다 보스턴까지 와주신 덕분에 더 가까워졌다는 느낌을 받는다. 듀크대에 다닐 때는 부모님이 사정상 한 번도 오지 못하셨는데, 아무래도 그 점이 마음에 걸리셨나보다.

아빠가 아니었다면 보스턴에 정착했을 때도 정리해야 할 짐을 쌓아둔 채 외로움에 시달리며 울기만 했을지도 모른다. 아빠는 오랜 비행으로 지치셨을 법도 한데, 내가 조금이라도 빨리 편하게 지낼 수 있게 해주시려고 도착하자마자 가구를 조립하셨다. 그 모습에 나도 모르게 속으로 눈물이 흘렀다.

아빠도 나도 침대를 넓게 쓰는 데 익숙한데, 이날만큼은 같은 매트리스를 쓰면서도 불편하기는커녕 참 행복했다. 매트리스 가운데에 커다란 인형을 두고 자면서도 옆에 아빠가 있다는 생각에 든든했다. 아빠와 하버드대 캠퍼스와 아빠가 일하셨던 학회장도 구경하고 보스턴 맛집 탐방도 하면서 가벼운 마음으로 새출발을 준비할 수 있었다.

눈 깜짝할 사이에 시간이 흘러 아빠가 돌아가실 때가 되었을 때는 눈물이 멈추지 않았다. 아빠가 마음 편하게 돌아가시려면 웃는 모습을 보여드려야 하는데 나는 이 나이가 되어서도 아빠 앞에서는 아기가 된다. 아빠가 비행기에서 읽으시도록 몰래 편지를 써서 가방에 넣어두고 학교에 잠시 다녀왔는데, 이미 편지를 읽은 아빠가 "아빠도 너랑 함께해서 참 행복했어" 하시며 함께 먹을 마지막 저녁을 차려주셨다.

감사하게도 아빠는 다음 해에도 학회 일정을 조정해 보스턴에 와주셨다. 취업 준비로 심한 스트레스에 시달리며 우울감에 빠져 있던 터라, 아빠가 와주시니 말도 못하게 행복했다. 마음이 온통 피폐해져 있을 때 내가 챙겨야 할 누군가가 있다는 것이 얼마나 다행이었는지 모른다.

이번에는 아빠가 조금이라도 편하게 주무시길 바라는 마음으로 며칠 전부터 미리 엄마에게 전화를 걸어 거짓말을 했다. 얼마 전부터 허리가 불편해 소파에서 잔다고 한 것이다. 아빠는 이 말을 전해듣고 처음에는 침대에서 혼자 주무셨지만, 나는 결국 외로움을 참지 못하고 인형과 이불을 들고 아빠 옆에 가서 누웠다. 1년 전처럼 다시 인형을 사이에 두고 아빠와 나란히 누워 자는 동안, 아빠도 나도 숙면을 취할 수 있었다.

여리고 예민한 내가 미국 로펌 취업이라는 엄청난 스트레스와 긴장을 악착같이 버틸 수 있었던 이유 중에는, 매일 아침 아빠를 위해 밥을 차려드리고 매일 저녁마다 아빠가 차려주신 따뜻한 저녁을 먹을 수 있었기 때문이 아닐까. 아빠의 따뜻한 보살핌 덕분에 나는 아빠가 보스턴에 머무시는 동안 취업에 성공했고 홀가분한 마음으로 아빠와 워싱턴으로 여행도 다녀올 수 있었다. 당분간은 아빠와 함께하는 시간이 없을지도 모른다는 생각에 아빠를 위해 영상을 촬영해 선물로 드리기도 했다. 아빠와 사진도 찍고 간식도 먹으며 새로운 장소를 경험하는 이 시간이 무척 감사했다. 가족이 남보다 못하다고 말하는 사람들도 있지만, 나에게 가족만큼 힘과 의지가 되는 존재가 또 얼마나 있을까 싶다.

언젠가 부모님이 세상을 떠나시면 나는 분명 땅이 무너져라 대성통곡을 할 것이다. 하지만 그때 흘릴 눈물이 아쉬움과 후회의 눈물이 아닌, 부모님이 평생 베풀어주셨던 사랑에 대한 감사함과 그리움으로 흘리는 눈물이길 바란다.

사랑하는 우리 아빠. 세상에 단 하나뿐인 소중한 아빠.

먼 곳까지 나를 만나러 와주셔서 정말 감사합니다. 정말 힘들고 지치고 외롭고 자존감이 낮아진 시기였는데 아빠가 와주셔서 행복하고 든든했어요. 아빠 덕분에 자존감도 높아지고 좋은 일도 생기는 걸 보니 역시 나는 아빠 복이 많은가봐요. 아빠가 출국하실 때 참 많이 울었는데 그 모습에 아빠가 더 속상해하시는 걸 보니 또 눈물이 나더라고요.

아빠, 나는 있잖아요, 아빠가 우리 아빠여서 정말 감사하고 행복해요. 이렇게 다정하고 섬세하고 든든하고 재미있고 지혜롭고 존경스러운 사람이 우리 아빠라서 말도 안 되게 좋아요. 저도 이제 컸으니 아빠에게 의지만 할 게 아니라 아빠에게 의지가 되는 딸이 되고 싶어요. 아빠 눈에는 여전히 걱정스러운 딸이겠지만 저도 이제 아빠의 고민과 걱정을 나눌 수 있는 나이가 되었다고 생각해요. 그러니까 가장의 짐을 혼자만 지지 마시고 저에게 나눠주셨으면 좋겠어요.

부모는 자식을 키우면서 청춘이 사라진대요. 지금까지는 저와 동생이 엄마 아빠의 선택의 중심이었겠지만, 앞으로는 두 분이 하고 싶은 일들을 하셨으면 좋겠어요.

아빠, 나는 아빠를 닮았다는 말을 듣는 게 너무 좋아요. 내 눈에 아빠는 우주에서 최고로 멋있으니까요. 나는 앞으로도 아빠를 더 닮기 위해 노력할 거고 아빠를 더욱 아끼고 사랑할 거예요. 나에게 열흘 동안 수없이 많은, 소중하고 따뜻한 추억을 안겨주셔서 감사해요. 그 추억들 덕분에 남은 시간 더 힘내서 열심히 살게요. 아빠에게도 나와 보낸 시간이 힘이 되었으면 더할 나위 없이 행복할 것 같아요. 이 편지는 아빠가 평소 나에게 해주시는 말로 마무리하는 것이 가장 좋겠죠?

"윤지야. 아빠 마음속에 윤지가 얼마나 큰 부분을 차지하는지 어떻게 알려줄 수 있을까? 아빤 그냥 네 옆에 있을 뿐이야. 윤지가 아빠 옆에 있듯이. 사랑해 우리 딸."

아빠, 저도 아빠를 사랑해요. 무척이나.

도망치고 싶을 때까지
참지 않아도 괜찮아

발끝부터 서서히 물이 차오른다. 하루, 이틀, 사흘. 시간이 지날 수록 속도가 더 빨라진다. 어느새 허리까지 차올랐다 싶으면 문득 울고 싶다는 생각이 들면서 물을 흘려보내고 싶어진다.

하지만 우는 것 말고는 방법을 모른다. 때로는 우는 것조차 두렵다. 너무 겁이 난다. 한번 울음을 터뜨리면 몸이 감당하지 못하니까. 온몸이 떨리고 숨이 쉬어지지 않고 눈앞이 흐릿해지고 팔다리가 굳는다. 자칫 정신을 놓을까 봐 두려워진다. 무엇보다 가장 무서운 것은, 내가 나를 믿지 못한다는 것이다.

이런 상황에서 내가 할 수 있는 것은 꾸역꾸역 참는 것뿐이다. 항상 잘해왔으니까, 남들 앞에서는 무너지지 않는 나니까, 지금까지 내게 주어진 일들을 성실히 해왔으니까 이번에도 잘 참을 수 있을 거라 생각하고 버틴다.

그렇게 두어 달 버티면 어느 순간 터져버린다. 울음이 터지면 스스로를 제어하기 힘들어진다. 평생 흘릴 눈물을 이번에 다 쏟아낼 것처럼 운다. 이때도 온몸이 저리면서 감각이 둔해지고 시야가 흐려진다. 정신이 멍해지면서 숨이 쉬어지지 않는다. 그만두고 싶다, 포기하고 싶다는 생각이 머릿속을 지배한다.

그렇게 어느 정도 시간이 흐르면 눈물이 멈추면서 호흡이 안정되고 감각도 서서히 돌아온다. 그러면 진이 빠진 채로 지쳐 잠이 든다. 이번에도 한고비 넘겼구나. 잘했어. 끔찍한 시간을 잘 견뎌낸 나 자신을 안아주다가 꿈속으로 빠져든다.

누군가는 자신에게 의지하는 가족 때문에, 누군가는 끝이 보이지 않는 시험과 과제 때문에, 누군가는 밤새 잠 못 들게 만드는 고민 때문에 도망치고 싶어한다. 내가 25년을 지켜본 윤지라는 사람은, 어떤 힘든 순간에도 참고 버티면서 앞으로 나아가는 사람이다. 누군가의 눈에는 이런 내가 대단해 보일 수도 있겠지만 정작 나는 이런 나 자신이 참 답답하고 안타까울 때가 많다.

우선 나는 쉬는 법을 몰라서 제대로 쉬어본 기억이 없다. 도망치는 법을 몰라서 도망쳐본 적도 없다. 용기나 배짱이 있다면 시도라도 해볼 텐데 그렇게 대범하지도 않다. 나는 그저 스스로 정한, 어쩌면 누군가를 의식해 세웠을 목표를 하나씩 이뤄내고 두어 달에 한 번꼴로 울음을 토해내며, 그래도 이렇게 하루하루 성장해나가고 있다는 믿음을 가지고 살아갈 뿐이었다.

그러던 어느 날, 뜻밖의 행운이 찾아왔다.

우연히 tvN 예능 프로그램인 〈신혼일기 2〉를 보고 김소영, 오상진 부부에게 호감을 느끼게 되었다. 두 사람의 인스타그램을 팔로우하며 그들의 글을 읽다 보니 어느새 팬이 되었는데, 무엇이 좋다고 콕 집어 말할 수 없을 정도로 두 사람이 좋았다. 마침 미국에서 정신없이 응모한 사연이 당첨되어 당인리책발전소에서 열리는 북토크에 참가할 수 있게 되었다. 북토크 강연자는 웹툰 〈닥터 프로스트〉와 《그래, 잠시만 도망가자》를 쓴 이종범 작가님이었다.

당인리책발전소는 예전부터 너무 가고 싶어서 버킷리스트에 올려둔 곳 중 하나였기에, 너무 설레서 전날 잠을 제대로 자지 못했다. 좋아하는 사람을 실제로 만난다는 설렘도 컸지만 '도망'이라는 주제에 대해 누군가와 한 번도 편하게 대화를 나눠본 적이 없었기에 더욱 두근거렸다.

북토크는 기대했던 것보다 훨씬 만족스러웠다. 공무원 시험을 준비한다는 사연, 생후 백일 된 아기를 기르면서 내 시간이 사라지는 것 같아 힘들다는 사연, 10년 넘게 같은 일을 하면서 열정이 사라져 불안하다는 사연, 게으르게 일하는 정규직 직원들을 보면 답답하다는 비정규직 직장인의 사연 등이 소개되었고 김소영 님과 이종범 작가님은 이런 고민에 공감하며 어느 정도 고민을 해결할 수 있는 방법을 알려주셨다.

나는 이종범 작가님의 작품은 알고 있었지만 그분 자체에 대해서는 아는 바가 없었는데, 이날 북토크에서 정말 감동받은 부분이 있었다. 우선, 웹툰을 연재할 때 하루 평균 300~400통의 고민 상담 이메일을 받는데, 모든 이메일에 답장을 해주신다는 점이었다. 이메일을 보내는 사람들이 바라는 것은 해결책이 아니라 자신의 이야기가 전달되는 것이기 때문에 단순히 "잘 받았습니다"가 아닌 고민을 중심으로 진심을 담아 답장을 한다는 말을 듣고 충격까지 받았다. 나도 누군가의 고민을 들어주는 걸 좋아하지만 하루에 300~400통이라니. 북토크 내내 작가님이 여러 사연을 대하는 모습에서도 그 마음을 느낄 수 있었다.

북토크는 한 시간 30분이 넘게 진행되었고, 작가님은 마지막으로 혹시 더 하고 싶은 이야기가 있는 사람은 손을 들라고 하셨다. 그 말을 듣자마자 나도 모르게 손을 번쩍 들었다. 평소에는 남들 앞에 나서는 것을 불편해하는데, 그날은 어디서 그런 용기가 나왔는지 모르겠다.

"보통 도망치고 싶다는 생각은 인생이 잘 풀리지 않을 때, 그리고 누가 봐도 도망치고 싶겠다 싶을 정도로 힘들 때 하는 것 같아요. 그렇다면 누가 봐도 행복하고 도망칠 이유가 전혀 없을 것 같은 사람이 도망치고 싶다는 마음이 들 때는 어떻게 해야 할까요?"

북토크 내내 언급된 주제들과 사뭇 다른 고민이어서인지 사람들의 시선이 느껴졌다. 잠시 눈치를 보다가 솔직하게 말해야겠다 싶어 "하버드 로스쿨에 재학 중이라고 사연 보냈던 학생입니다"라고 밝혔다.

김소영 님은 내 사연으로 한 시간 넘게 이야기를 나눌 수 있을 것 같아 솔직히 엄두가 나지 않는다고 하셨다. 내 사연을 읽고 처음에는 부러웠다가 읽을수록 마음이 아파졌다고도 덧붙이셨다. 이종범 작가님은 이해받지 못하는 고민일수록 무게감이 클 수 있다며 지금 하고 있는 공부 자체가 힘든 건지 아니면 내가 10년 넘게 내 삶을 통제하지 못했다는 생각 때문에 힘든 건지 궁금하다 하셨다.

통제라……. 나는 지금까지 살면서 이런 단어를 입 밖으로 꺼내본 적이 없다. 지금 하는 공부와 학교의 여건, 함께 공부하면서 서로 의지하는 동기들, 많은 가르침과 영감을 주시는 교수님들 모두 진심으로 좋다. 물론 힘들 때도 있지만 지금의 삶에 충분히 만족한다. 그런데 내가 힘들고 자주 악몽을 꾸고 호흡곤란을 겪는 이유는 지난 10년 동안 내가 내 인생의 큰 결정을 주체적으로 내렸다고 생각하지 못했기 때문인 것 같다. 어쩌면 생존 본능을 뒷받침하는 힘 중 하나가 통제력일 텐데, 내 삶에는 그 부분이 결핍돼 있는 게 아닐까 싶었다.

완벽주의에 가까운 성격도 한몫하지 않았을까 생각한다. 나는 그날 정한 일과는 반드시 끝내야 하고 사회생활, 공부, 일, 연애, 운동, 휴식 등 모든 부분을 균형 있게 하면서 살아야 한다는 강박이 큰 편이다. 어쩌면 나 스스로 내 인생의 큰 결정을 내리지 못하고 있으니 작은 선택만큼은 반드시 내가 통제해야 한다고 생각했던 건 아닐까? 그러자 나라는 사람이 좀 더 이해가 되었다.

북토크가 끝나고 작가님께 사인을 받으며 조언해주셔서 감사하다고 말씀드렸다. 김소영 님에게도 사인을 받았는데 '충분히 멋져요, 지금!'이라고 적어주신 걸 보고 마음이 찡했다. 위로받는다는 게 바로 이런 걸까?

북토크가 진행된 두어 시간은 나에게 정말 소중했다. 그저 사람과 사람이 만나 어떻게 서로를 이해하고 위로를 주고받는지 보고 싶었을 뿐인데 생각지도 못했던 커다란 치유를 받은 느낌이었다. 한쪽으로만 열려 있던 내 생각의 창을 난생처음 다른 쪽으로도 열어볼 수 있었다.

우리 모두 무언가로부터, 누군가로부터, 어떤 상황으로부터 도망치고 싶은 순간을 마주한다. 때로는 나 자신으로부터 도망치고 싶을 수도 있다. 이종범 작가님에게서 내가 받았던 위로를 내게 소중한 사람들도 받았으면 좋겠다.

북토크 참석을 계기로 나에게는 새로운 꿈이 생겼다. 매일 행복한 순간을 몇 가지라도 만드는 것, 스트레스와 불안을 잘 조절하는 것, 몸과 마음이 상할 때까지 버티는 것이 아니라 미리 조금씩 부정적인 것들을 잘 흘려보내는 것이다. 모든 걸 그만두고 싶을 때조차 그러지 못하는 나라는 것을 누구보다 잘 알기에.

너무 열심히 사는 내가 안쓰러워서라도 나 자신에게 행복한 순간을 더 많이 만들어주고 싶다. 한 번 사는 삶에서, 울고 버티는 순간보다 웃고 즐기는 순간이 더 많기를 바란다.

2장

책을 읽으며 사람을 생각합니다

그 사람의 인생과
나의 인생은 다르니까

최근에 인기 있었던 드라마 중에 〈SKY 캐슬〉이라는 작품이 있다. 워낙 대세 드라마였기 때문에 방영 당시 이 드라마를 보지 않았던 사람이라면 지인들과 대화하기가 조금 불편했을 수도 있다. 현실적인 학원물에 스릴러 요소까지 더해지면서 시청자들은 더 열광했고, 특히 누가 혜나를 죽였느냐를 두고 온라인, 오프라인 할 것 없이 열띤 토론이 벌어지기도 했다.

앞에서도 말했듯 나는 폭발적인 인기를 얻고 있는 책이나 방송, 영화 등은 피하는 경향이 있다. 그렇다고 해서 전혀 보지 않는 것은 아니고 열기가 조금 식은 후에 찾아보게 된다. 〈SKY 캐슬〉역시 한창 화제에 올랐을 때는 내 관심사에서 벗어나 있었다.

아무래도 내가 드라마에서 거론되는 학교에 다녀서인지 주변에서 드라마와 관련된 질문을 많이 받았다. 정말 이런 입시 컨설팅이 있느냐, 하버드대에 들어간 사람들은 다 그렇게 공부했느냐, 너도 입시 컨설팅을 받았나 등, 조금은 무례하게 느껴지면서도 충분히 궁금할 수 있겠다 싶은 질문이었다. 내 학력을 감안하면 이런 질문을 받지 않는 게 어쩌면 이상할 수도 있겠다고 생각한다.

세상에는 드라마 속 설정과 비슷한 입시 컨설팅 업체들이 넘쳐날 테고 그런 곳의 도움을 받는 학생들도 수없이 많을 것이다. 하지만 내 지인 대부분은 컨설팅 없이 소위 말하는 명문 학교에 들어갔고, 그곳에서도 치열한 경쟁을 버텨낸 끝에 무사히 졸업했다. 나도 중, 고등학교 시절에는 학원을 열심히 다녔다. 학원에 가지 않아도 학교 수업에 충실하며 주도적으로 공부하면 시험을 잘 치를 수 있다는 것이 민사고 선생님들의 말씀이었지만, 솔직히 그 당시에 학원을 다니지 않는 친구들이 몇 명이었는지 세는 쪽이 더 빠를 것이다. 누구나 불안하고 경쟁에서 살아남고 싶고 더 잘되고 싶어하니까 학원에 의지하고 싶은 마음은 당연하다. 학원에 의지하는 것이 나쁘다고 생각하지도 않는다.

지금은 웃으면서 말할 수 있지만, 중학생 때 다녔던 학원에서는 우리 부모님께 내가 민사고에 진학할 가능성이 없으니 학교를 낮춰서 지원해보라고 권했다. 부모님은 당시 내게 그 말을 전하지 않으셨고, 덕분에 나는 최선을 다해 면접을 볼 수 있었다. 그때 그 말을 듣고 속상해하셨을 부모님을 떠올리면 솔직히 지금도 치가 떨린다. 학원 입장에서는 통계자료를 근거로 누가 더 합격 가능성이 높은지 쉽게 유추할 수 있을지도 모른다. 하지만 그렇다고 한 아이의 가능성을 쉽게 평가할 자격은 없지 않을까? 합격 발표를 확인하고 아무 생각 없이 학원 선생님께 전화로 감사 인사를 드렸던 게 억울할 뿐이다.

하버드 로스쿨에 지원할 때는 1년간 독학을 하며 엘셋LSAT을 준비했다. 유학 중이기도 했고 여태까지 학원에 쏟은 돈이 아까웠다. 듀크대에는 로스쿨을 준비하는 학생들이 밟아야 할 과정을 알려주고 입시를 지도해주는 프리 로pre-law 프로그램이 따로 없다. 대신 상담 교수님 한 분이 에세이를 첨삭해주셨는데, 그다지 도움이 되진 않았다.

굳이 미국 로스쿨 준비에 국한하지 않더라도 학원이 필요한 시기와 영역은 결국 본인 스스로 결정해야 하는 것 같다. 정말 자녀를 위한 결정을 내리고 싶다면 어떤 선택이든 아이와 충분한 대화를 한 뒤 아이가 최종 결정을 내리게 해줬으면 한다. 아이의 장래에 정말 필요한 자립심은 이런 과정을 통해 길러진다고 믿는다.

이와 비슷한 이유로 나는 《하버드 새벽 4시 반》 같은 책을 읽지 않았다. 물론 이런 책들도 작가의 노고 끝에 쓰여진 결과물이겠지만, 개인적으로는 이렇게까지 해야 하버드에 갈 수 있다는 주장에 조금은 거부감이 든다. 물론 내가 살아본 적 없는 치열한 삶이 궁금하다면 적극 추천할 만하다고 생각하지만, 책에 나오는 대로 해야 성공할 수 있다는 생각은 본인에게 더 해가 될 것 같다. 같은 목표를 이루더라도 방법은 천차만별일 수 있으니까. 특정 학교, 직업, 여행지 등을 다룬 책을 너무 맹신하고 그대로 따라해야만 정답이라고 생각하지 말길 바란다.

학원을 가고 안 가고, 컨설팅을 받고 안 받고와 별개로 내가 이 드라마를 마냥 좋게 볼 수만은 없었던 또 다른 이유는 이 드라마로 인한 편견과 오해 때문이다. 명문대에 가는 아이들은 다 입시 컨설팅을 받았을 거야, 내가 그런 학교에 못 가는 이유는 컨설팅을 받지 않고 정직하게 공부했기 때문이야, 그런 아이들은 다 공장에서 찍어낸 물건처럼 자기만의 특징과 매력이 없을 거야 등등.

몇몇 사례 때문에 죽어라 노력해서 의미 있는 위치에 도달한 사람들을 모조리 끌어내리려는 것 같아 불편하다. 물론 과도한 입시 경쟁과 학벌에 대한 집착이 얼마나 큰 비극을 불러오는지 일깨우는 것이 드라마의 취지였겠지만, 그 때문에 오히려 입시 컨설팅 업체들에 대한 관심이 증가하고 상담 문의가 쇄도하는 게 우리 사회의 현실이다. 물론 자녀교육에 돈을 쓰는 일은 절대 나쁜 것이 아니다. 입시 컨설팅을 받더라도 부족하다고 판단하는 점은 스스로 노력해서 채우면 된다. 대신 꼭 입시와 관련해서가 아니어도 명확한 증거 없이 성공한 사람의 노력을 함부로 무시하고 폄하하지 말

자. 자신이 잘되려고 남을 끌어내리는 행동, 자신이 더 잘나 보이고 싶어서, 자신이 성공하지 못한 원인을 남 탓으로 돌리고 싶어서, 남이 성공하는 게 그저 질투가 나서 무턱대고 비난부터 하고 보는 행동은 너무 유치하지 않나.

잘된 사람들을 무조건 비난하기보다 그들이 그 자리에 오르기까지 어떤 노력을 했을지 궁금해했으면 좋겠다. 이 드라마가 많은 학생과 부모들에게 명문대 진학에 대한 잘못된 인식을 심어주지 않기를 간절히 바란다.

내 책도 마찬가지다. 누군가 내 책을 읽고 나도 이 사람처럼 극심한 우울증과 외로움에 허덕이면서 나를 채찍질하면 민사고도, 듀크대도, 하버드 로스쿨에도 갈 수 있을 거라 믿는다면 나는 정말로 마음이 찢어질지 모른다. 한 사람의 삶을 그 사람만의 이야기로 받아들이는 이들이 좀 더 많아지기를, 그렇게 우리 모두 서로의 삶을 존중하고 자신의 삶을 아끼고 사랑하기를 바란다.

눈에서 멀어지기에
더 소중한 사람들

나는 고등학교 3년은 강원도 횡성에서, 대학교 3년은 미국 노스 캐롤라이나에서, 지금은 보스턴에서 다녀서 중학생 때 이후로 사랑하는 사람들 곁에서 진득하게 시간을 보낸 기억이 없다. 그래서인지 내 모든 불안과 고통의 원인이 외로움과 그리움에서 비롯된 갑갑함 때문은 아닐까 하는 생각을 하게 된다.

나는 언제나 누군가를 그리워하며 살았기 때문에 내게 그리움이란 공기처럼 친숙한 감정이다. 나는 동생이 자라는 과정, 엄마 아빠의 생신과 결혼기념일, 남자 친구와 더 많이 쌓을 수 있었던 추억들, 친구들이 힘든 시간을 이겨내고 성장하는 시간들을 공유하지 못했다. 이기주 작가님의 《한때 소중했던 것들》을 읽다가 "우리는 시간을 공유하는 사람하고만 의미 있는 관계를 맺을 수 있다. 특히 사랑은, 내 시간을 상대방에게 기꺼이 건네주는 일이다"라는 구절을 읽고 심통이 나기도 했다. 그러면 곁에서 함께 시간을 보낼 수 없는 나 같은 사람은 어쩌라고.

하루는 할머니가 보내신 카톡을 읽고 왈칵 눈물이 쏟아진 적이 있다. "나는 네가 세상에 태어나서 초반에 정을 가장 많이 주고받으며 대화하던 상대가 바로 이 할머니였다는 걸 그리워하며 지낸단다." 할머니는 내가 기억하지 못하는 순간까지 기억하시니까 어쩌면 조금은 외로운 추억을 갖고 계실 수도 있겠다 싶었다. 그래서 새롭게 다짐했다. 할머니가 훗날 기억하시지 못하는 순간까지도 내가 평생 마음에 안고 가겠다고 말이다.

사랑하는 사람들과 술잔을 기울이며 함께 지낸 시간들을 추억하고 싶어도 그럴 기회가 없어서 매우 허전하고 아쉽던 차에, 방탄소년단의 여행 일기 〈본 보야지〉를 보게 되었다. 방송을 보면서 막연한 부러움이 스며들었다. 7년이라는 긴 시간 동안 함께 고생하고 울고 노력하고, 성과를 이루고 행복을 나누는 팀원들, 앞으로도 훨씬 오랜 시간 함께 손을 잡고 나아갈 팀원들이 있다는 점이 정말 부러웠다. 방송 도중 지금까지 함께해온 시간을 모아 만든 영상을 보며 추억하는 모습이 참 애절하도록 행복해 보였다. 눈빛만 봐도 그때는 어떤 일로 힘들었고 지금은 어떤 고민을 나누고 있는지 공유할 수 있는 사람이 여섯이나 있다는 건, 엄청난 축복이자 행운일 것이다.

공통된 목표를 가지고 살아가는 동료들은 그 무엇과도 비교할 수 없는 끈끈함과 따뜻함을 줄 것이다. 함께하는 시간이 길어질수록 그 관계는 나를 다시 일으켜주는 기둥이 되어주기도 할 것이다. 그러니 어찌 부럽지 않을 수가 있을까.

아직 스물다섯 살밖에 되지 않은 나도 지금까지 숱하게 많은 좌절을 겪고, 상처를 받고, 울고, 몸과 마음이 상해봤다. 그래도 이 모든 과정마다 포기하지 않고 계속 도전하며 작은 행복과 성취들을 쌓아왔다. 손이 덜덜 떨릴 정도로 아플 때도 있었지만 설렘과 성취감으로 환호했던 적도 있다. 오랜 기다림 끝에 원하는 소식을 접해 기쁨의 눈물을 흘릴 때도, 아무리 노력해도 목표에 도달하지 못할 것 같아 절망할 때도 있었다.

내가 이 모든 시간을 추억하려면 방탄소년단과는 다르게 혼자 여행을 떠나야 할 것이다. 이 모든 순간을 하나하나 머릿속으로 떠올리며 내 안으로 한없이 파고들어야겠지. 특정한 에피소드에 얽힌 객관적인 이야기나 표면적인 감정은 주변 사람들에게 말로 전달할 수 있겠지만, 결국 이 모든 시간은 나 혼자 체험한 것이기에 이 시간들을 추억하려면 기억을 끄집어내기보다 내 내면을 더 자세히 살펴야 할 것 같다.

그래도, 내게도 1년에 비록 한두 번밖에 못 만나지만 7년 넘게 내 곁에 남아준 사람들이 있다는 사실에 감사한다. 세세한 감정을 매번 공유할 순 없어도 서로가 서로에게 어떤 사람인지, 어떤 취향을 가지고 있는지, 지금 어떤 고민을 안고 있을지 어느 정도 짐작할 수 있는 오래된 관계들. 무엇보다 내게 이 사람들이 존재한다는 사실만으로도 내일을 기대하게 된다.

이 사랑스러운 사람들을 오래도록 내 곁에 두기 위해 내가 택한 방법은 자주 연락하기다. 멀리 떨어져 있어서 자주 못 만나지만 나는 여전히 너의 곁에 있고 네가 언제든 나를 필요로 할 때 너에게 귀 기울이겠다고 끊임없이 알렸다. 가족과 남자 친구와는 매일 영상통화를 했고 친구들에게도 자주 메시지를 보냈다. 생일이 되면 꼬박꼬박 긴 편지와 선물을 보냈다.

우리는 노란색 털실로 연결되어 있다는 생각이 들어.

왜 있잖아, 겨울에 뜰 것 같은 부드럽고 푹신푹신한 그런 개나리색보다 옅은, 파스텔톤의 노란 털실. 언제부턴가 우리 왼쪽 팔목에 그 실이 묶여 있더라.

털실의 길이는 사실 무한정해. 네가 가고 싶어하는 그 어디라도 갈 수 있도록, 네가 해보고 싶은 일들은 다 해볼 수 있도록, 우리가 지구 반 바퀴 거리만큼 떨어져 있어도 각자의 위치에서 잘살 수 있도록. 그러니까, 고무줄같이 일정 거리 떨어지면 탄성 때문에 제자리로 돌아가는 그런 관계가 아니라 우리의 자유의지가 녹아 있는 그런 관계라는 말이지.

어느새 우리 사이에도 12년이라는 세월이 흐르면서 가끔은 색이 더 진해졌다가 때로는 옅어지기도 하잖아. 서로가 털실에 새긴 무수한 순간을 모두 알지는 못하지만, 언제든지 편안하게 서로의 의사를 묻고 들여다볼 수는 있어서인지, 나는 너를 떠올리면 몽글몽글한 감정이 들어.

12년 동안, 사실 떨어져 있는 기간이 훨씬 길었잖아. 역마살이 낀 것처럼 제대로 정착하지 못하고 떠도는 나인데도, 언제나 든든하게 나의 마음과 삶 한구석에 네가 있어줘서 고마워. 네가 있으니 종착지가 있는 것 같고, 살면서 나를 잃어도 되찾아줄 존재가 있는 것 같아.

이토록 소중한 너에게, 나는 과연 어떤 존재일까 오늘도 고민해. 더 어려도 되는 나이에 더 투정을 부려도 되는 순간에도, 너는 언제나 어른스럽고 따뜻하고 듬직하고 성실했어. 처음 만났을 때 우린 고작 초등학교 6학년이었는데도, 동생이 둘이나 있어서인지 너는 왠지 어른 같았거든.

예전에는 나도 너에게 집 같은 포근함을 주고 싶었는데, 요즘은 내가 아니어도 네가 무언가 또는 누군가로부터 안정을 느낄 수만 있다면 더 바랄 게 없겠다는 생각도 해.

우리는 앞으로 더 어른스러워져야 하겠지. 감정도, 진심도, 표현도, 아픔도 숨겨야 할 때가 더 많아질 거야. 하지만 네가 서둘러 달리다가도 혼란스럽고 길을 잃은 것 같을 때는 네 손목에 묶인 실을 내려다봐. 그 실을 따라가면 너의 지난 청춘이, 설렘이, 성장이, 그리고 열정이 보일 거야. 그리고 그 끝에는 그 모든 것이 전부 너라고 증명해줄 내가 웃으며 서 있을게.

우리 그렇게 살아가자. 어디에 있든, 무엇을 하든 마음 한구석에 서로를 향한 따스함을 간직한 채 이 혹독한 시절을 헤쳐 나가자. 내 삶에 네가 있어서 행복했고 지금도 행복해. 앞으로도 영원히 행복할 거야.

내 마음이 이 글을 통해 너에게 잘 스며들기를 진심으로 바라.

태어나줘서 고마워. 너를 낳아주신 너희 어머니, 아버지께도 감사드려. 이렇게 반듯하고 사랑스럽게 자라줘서 고마워. 나를 지켜봐주고 응원해주고 자랑스러워해줘서 고마워. 네 존재 자체가 내 인생의 한 줄기 빛이야. 며칠 후면 볼 테지만, 생일 즈음에 미리 내 마음을 전하고 싶었어. 보고 싶은 친구야, 한국에서 만나면 우리 같이 초를 불며 소원을 빌자. 나는 네 행복을 위해 기도할 거야. 지금도 앞으로도.

12년지기 친구의 생일을 앞두고 이 편지를 쓰면서, 아예 완전히 포기했을 수도 있는 순간들을 놓치지 않기 위해 안간힘을 썼던 시간들을 떠올려보았다. 내가 보이지 않는 곳에 있더라도 존재하고 있음을 알리기 위해 처절하게 몸부림을 쳤던 건지도 모르겠다. 무엇이 됐든 나는 이런 노력 덕분에 머나먼 타지에서도 내 사람들과 마음을 나누고 있으며 이들도 그런 나를 고마워하고 사랑스러워해준다. 이들이 몇 년째 내게 짙은 사랑과 우정을 보내주는 덕분에, 나는 단 한 번도 생일날 허전하고 외롭다고 느낀 적이 없다.

"바로 옆에서보다 아주 먼 곳에서 날 축하해주는 사람이 더 많다는 점이, 타지에서 맞이하는 생일도 나름 운치 있게 만들어주는 것 같아."

"태어나줘서 진심으로 고마워. 내 옆에 있어줘서 고맙고 앞으로도 우리 함께 살아가자. 어디 가지 말고 내 옆에 꼭 붙어 있어."

"네 주변에도 널 사랑하는 사람들이 많아. 숫자는 중요하지 않아. 크기가 중요하지. 넘치게 사랑해."

"너는 내 고민들을 항상 따뜻하게 들어줘서 너한테는 항상 내 속내를 털어놓게 돼. 나도 너한테 그런 친구가 됐으면 좋겠어. 멀리 있어도 변치 않는 우리 우정에 감사해."

"네가 오는 날만 기다려."

"먼 곳에서 열심히 공부하는 네가 정말 기특하다. 너를 볼 때면 언제나 잘 키운 딸을 보는 느낌이야. 너를 부럽게만 보는 사람들도 있지만, 나는 네 속사정을 아니까 안타깝고 토닥토닥 해주고픈 마음도 커. 여기까지 오느라 정말 고생했어. 앞으로도 수많은 시련이 너를 괴롭힐 수 있지만, 하나씩 잘 해결해나가자. 다시 만날 날을 기다리면서 나도 준비 잘하고 있을게. 그리고 언제나 든든하게 여기 있을게. 그리고 이건 내가 좋아하는 노래 제목이야, 가끔씩, 오래 보자!"

"너를 생각하면 마음이 따뜻해져. 다 귀찮고 포기하고 싶다가도 네 글을 읽으면 다시 일어설 수 있다는 걸 느껴. 내 소중한 친구이자 나의 스타."

바다를 사이에 둔 이 엄청난 거리도 무색하게 만드는 친구들의 진심이 언제나 나를 안아준다. 태어났기에 이 마음들을 받을 수 있고 태어났기에 이 마음들에게 베풀 수 있다.

나는 눈에서 멀어지면 마음에서 멀어진다는 말이 싫다. 눈에서 멀어지는 만큼 두 배로 노력하면 된다. 내가 사랑하는 사람들과 매 순간 함께하지는 못하지만, 나는 분명 남부럽지 않은 이들과 삶을 공유하고 있다. 앞으로도 이 소중한 관계를 더욱 가꿔나가고 싶다.

이제는 눈을 감고
내 안을 들여다보자

박웅현 작가님의 《여덟 단어》는 인생을 대하는 우리의 자세에 대해 강연한 내용을 모은 책이다. 작가님은 우리가 살면서 중요하게 여기면 좋을 가치를 여덟 단어로 압축해 인문학의 관점에서 인생과 사람을 이해하고자 하셨다. 자존, 본질, 고전, 견, 현재, 권위, 소통, 인생이라는 여덟 단어 중에서도 내가 특별히 언급하고 싶은 주제는 자존이다.

나는 지금까지 인정받기 위해 치열하게 노력해왔다. 칭찬받으려고 애를 썼고 1등이라는 숫자에 집착하는 삶을 살았다. 더 앞서고 싶었고 더 올라가고 싶었다. 모든 사람들에게 좋게 보이고 싶었다. 빛이 나면 날수록 욕심은 커져갔다.

그런데 시간이 흐를수록 긍정적인 평가가 쌓이고 이뤄내는 성과가 늘어났지만, 마음 한구석에는 공허함이 더 커지는 듯했다.

무엇이 문제였을까. 내가 잘못 살아온 걸까. 왜 웃는 날보다 우는 날이 많아지고, 따뜻한 순간보다 외로운 순간이 더 자주 찾아오는 걸까. 나는 남들의 시선과 평가로부터 뭘 얻고 싶었던 걸까. 무엇이 이 괴리감을 만드는 걸까.

이 모든 욕구와 노력의 근원에는 나라는 사람이 소중하고 가치 있음을 확인받고 싶은 마음이 존재하는 것 같다. 하지만 내가 자라온 사회는 그 마음을 외부에서 확인받으라고 직, 간접적으로 가르친다. 《여덟 단어》를 통해 박웅현 작가님이 밝히셨듯 "우리는 나의 자존을 찾는 것보다 바깥의 눈치를 보는 것이 습관"화되어 있다. 스스로를 사랑하는 방법을 배우지 못한 채 다른 이와 사회의 평가에 의존하며 내 가치를 알아가려고 아등바등하는 동안 지금의 내가 된 것이 아닐까 싶다.

나와는 다른 가치관을 가지고 살았더라도, 이 글을 읽는 분들 중에도 낮은 자존감 때문에 고통받는 분이 있을지 모르겠다. 당신은 마스다 미리의 《내가 정말 원하는 건 뭐지?》 속 다에코처럼 어느새 중년이 되어버린 자신이 싫은, 한 아이의 엄마일 수도 있다. 다에코는 자존감을 높이고 삶의 목적을 찾고 싶어 다시 취업을 하려고 하지만 주변 사람들은 탐탁지 않게 여긴다. 집안일에 지장이 없는, 가족을 소홀히 하지 않는 범위 내에서 일을 하라는 충고가 사방에서 날아온다. 일을 해도 되지만 집안일도, 육아도 지금과 똑같이 해내야 한다는 부담은 다에코를 자꾸 움츠러들게 한다. 다에코처럼 온전한 자신의 몫이 아닌 일들에 발목이 잡혀 점점 작아지는 분들이 있을 수도 있다.

당신이 빨리 어른이 되길 바라는 청소년일 수도 있다. 나는 어릴 때 아무런 근거도 없이 어른이 되기만 하면 내가 더 자유롭고 대단한 위인이 될 것이라 믿었다. 사랑도 해보고, 여행도 떠나보고 싶었다.

그런데 신기하게도 어느 순간부터 나이를 먹는 것이 싫어졌다. 정확히 언제부터인지는 모르겠지만, 내 주변 사람들도 마찬가지인 것 같다. 언제 이렇게 나이를 먹었지? 목주름은 이십대부터 관리해야 한대, 영양제 챙겨야지, 나이 먹으니 온몸이 쑤신다니까. 언제부터 이런 말을 하게 됐는지 궁금해진다.

당신은 입사를 위해 있는 모습 없는 모습을 다 끌어모아 매일같이 자신을 어필하는 취업 준비생일 수도 있다. 그 어떤 평가도 한 사람의 진짜 모습을 다 보여주지 못한다는 걸 알면서도 우리는 주어진 틀에 자신을 맞춘다. 어떻게 30분짜리 인터뷰로, 한 장짜리 지원서로 그 사람이 걸어온 길을 볼 수 있을까. 그 사람이 10년, 20년, 30년간 해온 생각과 고민들, 느껴왔던 감정들, 보고 들은 순간들, 힘들게 내린 결정들, 살면서 자연스레 깨달은 교훈들, 만나는 사람들과 그들과 나누는 대화들, 호기심과 흥미에 이끌려 고른 책들, 그 사람의 잠재된 가능성을 다 파악할 수 있는 평가 기준 같은 건 없다. 그걸 알면서도 우리는 쉽게 벗어나지 못한다.

"지금 당장 먹고살기도 벅차 죽겠는데 한가하게 정신 건강을 따질 때냐"라고 한탄하는 사람도 있을 수 있다. 황정은 작가님의 《백의 그림자》에는 도심 한복판을 지키던 40년 된 전자상가가 철거된다는 소식을 듣고, 정체 모를 분노와 허탈감을 느끼는 주민들이 등장한다. 어쩌면 당신은 이런 주민들이 한가한 감정에만 젖어 현실을 직시하지 못한다고 생각할지도 모르겠다.

그렇다면 황정은 작가님의 또 다른 책 《아무도 아닌》에 나오는 "아무도 아닌을 사람들은 자꾸 아무것도 아닌으로 읽는다"와 "언제나 일하고 있었네. 나는 얼마 전에야 그걸 알았다. 억울하거나 아깝다고 생각하지는 않는다. 그랬네, 정도로 잠깐 깨닫고 마는 것이다"라는 구절에 깊이 공감할지도 모르겠다. 어쩌면 내가 전하고자 하는 포근한 감성이 사치라고 여길 수도 있다.

어쩌면 당신은 어떤 실수를 해서 지금 당장 어딘가로 사라져버리고 싶을지도 모르겠다. 인간은 누구나 실수를 한다. 실수의 크기와 파장은 다양하다. 어떤 실수는 나에게 생채기만 내고, 어떤 실수는 여러 사람의 삶을 뭉개버린다. 실수의 크기에 따라 뒤따르는 자책의 정도도 천차만별이다. 어떤 이들은 악몽에 사로잡히듯 스스로를 옥죄고 어떤 이들은 "그럴 수도 있지, 나도 인간인데" 하며 가볍게 넘길 수도 있다.

　나는 실수에 취약한 사람이다. 아무리 티가 안 나는 실수를 해도 몇 날 며칠 마음 고생을 하며 숨죽여 지낸다. 설령 누군가에게 피해를 주는 실수를 하면 사지가 찢기듯 스스로를 책망한다. 실수와 함께 바닥을 친 자존감이 다시 회복되려면 한참이 걸린다. 예전에는 그저 숨어버렸다. 나에게만 피해를 주는 실수라면 스스로를 끝없이 원망했고, 누군가에게 피해를 주었다면 무조건 빠른 시간 내에 사과하며 잘못을 인정하고 어떻게 해서든지 피해를 최소화하려고 노력한 뒤 울어버렸다. 그럴 때면 나 자신이 너무 혐오스럽고 실망스러웠다.

　하지만 최근에는 조금씩 달라지는 나를 마주한다. 물론 지금도 자책을 한다. 악몽을 꾸고 문제가 해결될 때까지 아무것도 하지 못한 채 그 일을 회복시키는 데 온 정신을 집중한다. 어느 정도 사태가 해결되면 또다시 남들 모르게 나를 원망한다. 그래도 그와 동시에 내 마음 한구석은 조용히 울고 있는 나를 뒤에서 안아주며 위로한다.

　"그럴 수 있어. 언제나 완벽할 수 없잖아. 너로 인해 상처받고 피해를 입는 사람이 있을 수도 있어. 분명 그건 네 잘못이지만 그렇다고 네가 '잘못된 사람'이나 '못된 사람'이 되는 건 절대 아니야. 너는 잘못을 반성하고 충분히 바로잡으려고 노력하고 다음에는 같은 실수를 하지 않으려고 다짐하잖아. 너는 이 실수를 통해 성장하는 거야. 이 일을 계기로 더 높이 올라가서 더 멀리까지 바라볼 수 있게 될 거야. 너는 여전히 사랑스럽고 괜찮은 사람이야. 그러니까 적당히 아파하고 그만 일어서자."

어떤 상황에서도 완전히 무너지지 않는 것이 중요하다고 생각한다. 주저앉아 울고 소리를 질러도 되지만, 회복 불가능한 수준으로 자신을 밀어붙이면 안 된다. 분명한 반성과 문제 해결을 위한 행동, 그리고 같은 실수를 반복하지 않으려고 노력하고 있다면 스스로를 너무 다그치지 말자. 어떤 고통도 우리를 모조리 태워버려서는 안 된다.

낮은 자존감을 부여잡고 숨죽여 우는 우리에게 가장 어려운 일 중 하나는 기준점을 내 안에 두는 것이지 않을까 싶다. 많은 사람들이 자신이 추구하는 목표와 이상이 뭔지 묻기보다 다른 사람들의 기준이 뭔지 파악하느라 바쁘다. 물론 유행의 흐름을 좇는 게 나쁜 건 아니다. 그것 또한 하나의 문화일 수 있으니까. 하지만 그 유행이 나를 잠식할 정도라면 그 흐름에서 한번은 벗어나야 하지 않을까. 개인이 행복하고 자유로워야 집단도 빛을 발휘할 수 있다.

니시 가나코의 《사라바》에는 "네가 믿을 걸 누군가한테 결정하게 해서는 안된다"라는 구절이 나온다. 이 책을 통해 나 스스로 찾아낸 나의 중심이 나를 앞으로 나아가게 할 것이고 하루를 더 살게 할 것이며 평온을 가져다준다는 점을 배웠다. 하지만 이 책이 나에게 중심을 찾아주지는 못했다. 나의 중심을 무엇으로 삼아야 할지는 내가 노력해서 찾아야 할 것이다.

나는 나다. 그 누구도 내가 아니기 때문에, 그리고 나도 그 누군가가 아니기 때문에 각자가 찾아야 할 중심은 다르다. 하지만 중심이 있어야 힘과 용기가 생기는 건 모두에게 마찬가지가 아닐까. 내가 궁극적으로 원하는 것이 뭔지 고민해보자. 너무 머리 아프게 고민할 것 없이 지금 당장 원하는 것이 무엇인지, 내가 무엇을 좋아하고 싫어하는지를 스스로에게 물어보는 것으로 충분하다고 생각한다. 기분 좋은 순간에는 마음껏 기뻐하고, 슬플 때는 더 힘 있게 자신을 안아주고, 앞으로 나아가면서도 틈틈이 몸과 마음을 쉬게 해주기. 아름다운 것을 많이 보고 따뜻한 감정을 많이 느끼게 해주면서 나를 소중하게 여기기. 이런 시간을 통해 내 가치를 만들어나가자. 너무 오랫동안 세상을, 남을 살피며 살아왔으니 이제는 눈을 감고 내 안을 들여다보자.

나이가 들어도
꿈이 뭔지 묻고 싶다

포동포동한 두 앙증맞은 다리

누군가에게 의지해 후들거리며 겨우 중심 잡으니

넘어질까 두려워 아플까 봐 두려워

한 발자국씩 내딛는 내 작은 발이 신기하니

아이는 바닥을 보며 걷게 돼

그럴 때 어른들은 말하지

앞을 보고 걸어야지 아니면 부딪쳐 다치지

세상에 던져진 내 두 짧은 다리가

내 몸뚱어리를 지탱하는 것도 믿기지 않는데

내 추락에 대한 두려움은 무시당해

당당하게 앞을 보고 걸으래

그때부터였던가

내 본능보다 사회의 바람에 수긍하기 시작한 게

세월은 참 빠르게 흘러가

어느새 그 작던 아이는 훌쩍 자라나

친구들과 뛰어놀며 장난치는 개구쟁이가 돼

앞만 보고 달려가

바람을 가로지르며 상쾌함을 만끽해

그럴 때 어른들은 말하지

밑을 보고 걸어야지 아니면 넘어져 다치지

그들이 원하던 당참에 익숙해지니까

이제는 다시 고개를 숙이라 하네

다친다는 건 내 몸일까

아니면 내 마음이었을까

너무 고개 빳빳하게 들고 다니면

세상의 험난함에 못 이겨

결국 강제로 머리를 숙여야

살아갈 수 있다는 걸 알려주려던

그때의 어른들

하지만 아이는 어느새 사춘기

이제 더 이상 앞을 보고 달리지 않아

하늘을 올려다보며 멍하니 바라봐

닿을 수 있을 것 같아 손을 뻗어봐

하지만 절대 닿을 수 없음을 깨닫고 손만 내려봐

그럴 때 어른들은 말하지

앞을 보고 걸어야지 그래야 가는 길이 보이지

꿈을 꾸기 시작한 아이가 너무나 걱정돼

절대 닿을 수 없는 곳을 선망할까 봐

마음 졸이며 가던 길이나 가라 하네

하지만 그들도 알 텐데

너무나도 잘 알고 있을 텐데

앞을 보고 걸으면 보이는 건 길이 아니야

여기저기 쉴 틈 없이 뛰는 사람

여기저기 영혼 없이 걷는 사람

여기저기 힘도 없이 서 있는 사람

여기저기 그다음은 뭐

결국 이상을 품던 아이는

닿지 않을 걸 알면서도

계속해서 변해가는 그 드높은 하늘을 향해

손을 뻗으며 공상하며 살게 될까

아니면 어른들의 말처럼

앞만 보고 걸어가며

어디로 향하는지도 전혀 모른 채

영원히 남들과 비교하며 살게 될까

어느새 앞만 보고 걸어가던 나

하루는 멈춰 선 사람들의 수군거림에

그들의 황홀하다는 시선 끝을 따라가

오랜만에 뻐근한 목을 들어 하늘을 바라봐

　세상은 어른이 된 자신의 모습을 상상하지 못하는 아이들에게 "너는 커서 뭐가 되고 싶니"라며 기대에 찬 눈빛으로 물어보지만, 아이들이 자라면 더 이상 그들을 자기만의 꿈을 가진 인격체로 봐주지 않는다. 몇 차례 졸업식을 거치기 전까지는 학생, 온갖 경쟁 끝에 겨우 직장을 얻으면 직장인, 운이 좋게 평생을 함께하고 싶은 짝을 만나 아이를 얻으면 아무개 엄마, 아빠로 불릴 뿐이다.

　우리는 단 한순간도 한 가지 이름만으로 규정될 수 없는 존재이지만, 슬프게도 우리는 나이나 신분에 따라 한 가지 역할로만 불린다. 한 사람 한 사람을 자세히 들여다보면 누구나 어린 시절 가졌던 소중한 꿈을 간직한 채, 어쩌면 남들이 보지 못하게 꽁꽁 숨긴 채 살아간다는 걸 알 수 있다. 누구는 한 회사에서는 대리이지만 언젠가 세계여행을 꿈꾸는 여행 새내기일 수 있다. 누구는 두 아이의 엄마이면서 내면의 감정과 생각을 캔버스에 표현하며 희열을 느끼는 화가일 수도 있다.

그럼 나는 어떨까? 나는 지금까지 정말 바쁘게 살아왔다. 끊임없이 다음 목표를 세우고, 그걸 이루기 위해 전력질주했다. 그러다 보니 언젠가부터 사람들은 나를 성과로 규정하고 평가하기 시작했다. 나라는 사람이 민사고, 듀크대, 하버드 로스쿨생으로만 보이는 걸까 싶어 슬프고 허탈할 때도 많았다. 더 이상 사람들은 내게 "너는 뭘 할 때 좋아?", "너는 어떻게 살고 싶어?", "너는 행복하니?" 같은, 너무나 평범해서 더 자주 들을 수 있을 거라 생각했던 질문들을 해주지 않았다. 어쩌면 아무도 내게 궁금해하지 않는 부분이라고 생각해 나조차도 나에게 물어봐주지 않았던 질문일지도 모른다. 나를 들여다볼 시간이 턱없이 부족해진다고 느끼던 어느 날, 나는 이제라도 스스로에게 "너는 뭘 좋아하니?"라고 묻기로 다짐했다.

나는 사람이 좋다. 사람들이 느끼는 수많은 감정이 소중하다. 상대의 눈을 보며 그의 목소리와 이야기에 귀 기울이는 순간이 좋다. 공감하고, 이해하려 노력하고, 상처와 고민을 나누고 함께 곱씹을 수 있는 시간이 소중하다.

나는 크고 화려한 것보다 소박하고 자연스러운 것이 좋다. 개인적으로는 뉴욕이나 도쿄 같은 대도시보다 평범한 사람들이 살아가는 작은 마을에 있을 때 더 행복하다. 해가 뜨고 질 때 펼쳐지는 노을을 하염없이 보고 있으면 마음이 몽글몽글해진다. 자연의 아름다움은 언제 봐도 감동이다. 멜로 영화를 좋아하지만 스릴러 작품도 매력적이다. 하지만 영화 자체보다는 영화를 보고 누군가와 같이 나누는 것이 더 좋다.

나는 신형철 작가님이 《슬픔을 공부하는 슬픔》을 통해 언급했듯 쉽게 세상의 눈치를 보면서 마음의 문을 열고 닫기를 반복하는, "얼굴에서 음성으로, 음성에서 글자로" 점점 축소되어가는 평범하고 여린 사람이기도 하다.

가족, 친구, 지인은 내 삶에서 매번 우선순위를 차지한다. 명예와 성공도 좋지만 무조건 이들이 먼저다. 사랑하는 사람들이 없는 삶은 상상할 수도 없고, 하기도 싫다.

나는 규칙을 중요하게 여기기 때문에 틀에 맞춰서 사는 편이다. 매일 한 시간 이상 운동을 하듯 그날 정해둔 일과를 끝내지 못하면 스트레스가 심해지는데, 심할 때는 숨을 쉬기가 힘들 때도 있다. 혹시 병이 아닐까 싶을 때도 있지만, 이 모습도 나라고 생각한다.

나는 10년 넘게 다이어트로 강박을 느끼면서도 맛있는 음식을 너무 좋아해 매일같이 혼자 전쟁을 치른다. 맛이 없었던 음식이 거의 없을 정도여서 안타깝다. 좋아하는 음식이 너무 많아서 쓸 수 없을 정도다.

이렇게 적어보니 내가 좋아하는 것들이 생각보다 참 많다는 생각이 든다. 누군가가 "너는 뭘 좋아해?"라고 묻는다면 하루 종일 얘기할 수도 있을 것 같다.

사람들은 나의 인생 목표가 변호사 하나뿐이라고 생각하는지 앞으로 어떤 변호사가 되고 싶은지만 묻는다. 하지만 나는 70년은 더 살게 될 인생에서 정말 다양한 일을 해보고 싶다. 지금처럼 책을 써서 사람들에게 위로를 주고 싶고 요리를 배워 사랑하는 사람들에게 대접하고 싶기도 하다. 한국 학생들의 숨통이 조금이라도 트이도록 교육 분야에서도 일해보고 싶다. 앞으로 또 어떤 꿈을 꾸며 살게 될지 모르는 삶이 나를 무척이나 설레게 한다.

다섯 살배기 장난꾸러기 아이. 끝없는 취업 준비로 시들어가는 이십대. 지금 하는 일이 적성에 맞지 않아도 꾸역꾸역 참고 일하는 삼십대, 점점 빨라지는 퇴직 시기를 부담스러워하면서도 이러지도 저러지도 못하는 사십대와 오십대, 부모의 마지막 임무라는 자녀 결혼까지 끝내고 허전함을 감추지 못하는 육십대 이상 부모 세대까지, 나는 앞으로도 누구를 만나든 당신을 무엇을 좋아하는지, 당신은 지금 어떤 꿈을 꾸는지 물으며 살고 싶다.

당신을 이해하고 싶어
책을 펼쳤습니다

모든 사람은 세상에 하나뿐인 유일한 존재이다. 그래서인지 나에게 타인이란 언제나 미지의 세계이자 궁금한 대상이다. 안타깝게도 내가 세상 모든 사람을 만날 수 없으니 한 사람의 목소리에 최대한 귀 기울여야 한다. 자기만의 삶을 살았던 수많은 사람들이 자신의 생각과 가치관, 인생을 책으로 남긴 덕분에 간접적으로나마 수많은 사람을 접할 수 있다는 건 얼마나 다행인지.

명작 중의 명작으로 손꼽히는 《위대한 개츠비》를 직접 읽어보지 못했어도 간단한 내용은 알고 있는 사람들이 많을 것이다. 제1차 세계대전 승리 이후 경제적으로는 풍족해졌으나 윤리적, 도덕적으로는 타락의 길을 걷던 1920년대 뉴욕을 배경으로 한 이 작품은, 주인공 개츠비의 아메리칸 드림과 추락, 그로 인한 절망을 슬프도록 아름답게 담아냈다.

그런데 나는 오래도록 《위대한 개츠비》를 비롯해 F. 스콧 피츠제럴드가 쓴 작품만 알고 있었지, 작가의 삶은 거의 알지 못했다. 다행히 최근에 《피츠제럴드 단편선 2》를 읽게 되어 작가의 삶을 조금이나마 엿볼 수 있었고, 덕분에 피츠제럴드의 작품을 한층 더 깊게 이해할 수 있었다.

책에 실린 단편 〈집으로의 짧은 여행〉은 작가가 처음 쓴 유령 이야기이다. 이 작품을 읽고, 작가가 묘사하는 여주인공들은 대체로 그가 절절하게 사랑한 아내 젤다 피츠제럴드의 실제 모습과 비슷하다는 걸 알 수 있었다. 젤다 피츠제럴드는 화려하고 매혹적이고 몽환적인 매력이 있어 묘하게 남자들을 끌어당겼다고 한다. 또 다른 단편 〈해외여행〉에서는 유럽에서 이방인처럼 살았던 피츠제럴드 부부의 생생한 모습을 보는 듯했다.

작가는 언제나 사람들에게 둘러싸여 있으면서도 만족하지 못하고, 반복되는 생활로 몸과 마음이 병들어가던 시절을 작품으로 승화시킨 게 아닐까 싶다. 작가의 삶을 알게 되면서 그의 캐릭터들을 더 잘 이해하게 되었고, 작가에게 한 번 더 반하고 말았다.

나는 훌륭한 작품뿐 아니라 이 작품들을 탄생시킨 작가들에게도 관심이 많다. 그래서 작가들의 가치관을 엿볼 수 있는 에세이를 자주 읽는데, 특히 전문직 종사자들이 쓴 책을 읽으면 그 분야 사람이 아닌 이상 알기 어려운 직업인의 어려움과 고민을 알 수 있어서 좋다. 최근에는 문유석 판사님과 김웅 검사님의 책을 읽고 한국에서 법조인들이 어떤 고민을 하는지 간접적으로나마 엿볼 수 있었다. 또한 이분들의 신념을 사유할 수 있어서 감사하고 행복했다.

문유석 판사님은 사람들은 스스로 문제를 해결할 능력을 갖추고 있으며 판사로서 자신의 역할은 그 누구의 편도 들지 않는 중립적인 입장에서 당사자들끼리 해결할 수 있는 자리를 마련해주는 것이라고 하셨다. 흔히 판사 하면 누군가를 심판하고 해결책을 제시하는 이미지를 떠올리는데, 자신의 역할을 훨씬 축소시켜 분쟁 당사자들의 선택과 의견을 존중하는 태도에서 배울 점이 많았다. 김웅 검사님은 정신없이 바쁜 와중에도 한 사건이 개인에게 미칠 영향을 고려해서 만나는 사람들에게 담담하지만 진솔한 조언과 위로를 묵묵히 건네셨다. 김웅 검사님의 책을 읽으면서는 검사들은 처리할 사건이 워낙 많아서 관련자 한 사람 한 사람에게 신경 쓸 여유가 없을 거라 믿었던 나의 예상이 무참히 깨졌다.

일당들이 구속된 후 나는 서울중앙지검을 떠나기 전에 영민 씨를 불렀다. 그에게 뭔가 멋진 이야기를 해주고 싶었다. 가령 '정의는 지각할 수 있지만 결근하지는 않는다'라든가, '법이 보이지 않는 것은 당신들이 딛고 서 있기 때문이다'라든가 하는 나도 믿지 않는 말을 해주고 싶었는데 그러지 못했다. 바보 같게도 나는 그에게 살다 보니 세상이 다 사기 같다고 말했다. 영민 씨 같은 사람에게 세상은 더욱 그렇다고 했다. 청년에게 희망을 주라는 말도 사기라고 했다. 그런 말을 하는 사람들은 대부분 자기 자식들에게 희망이 아니라 특혜를 준다. 정의와 법치주의를 부르짖는 검찰도 대한민국에서 벌어지는 거대한 사기의 주연일지 모른다. 어쩌면 개처럼 일하는 형사부 검사들의 선의와 신실함이 이사기의 가장 화려한 기술로 악용되었을지도 모른다. 그래서 세상은 늘 영민 씨 같은 사람들의 시간과 노력과 기대를 훔쳐가는지 모른다.

_김웅, 《검사 내전》 109p, 부키, 2018년

김웅 검사님은 직설적이고 솔직하신 것 같다. 빙빙 돌려 말하기보다 현실적인 조언을 전한다. 워낙 박학다식한데다 여러 사회 이슈를 통해 철학적인 질문을 던지시는 걸 보면 세상일에도 관심이 많으신 것 같다. 드라마에 나오는 검사가 아닌 생활형 검사. 눈 코 뜰 세 없이 바쁘게 살면서 때론 울고 웃고 화를 내고 통쾌해하는 평범한 검사. 매일이 비슷한 일상을 살면서도 사람들을 향한 따뜻한 관심을 잃지 않으려고 노력하는, 어쩌면 전혀 평범하지 않은 사람. 《검사 내전》을 통해 서울중앙지검 검사이기 전에 김웅이라는 사람의 시선에 비친 세상과 사람들을 만날 수 있었다.

문유석 판사님은 《개인주의자 선언》의 프롤로그에서 놀랍게도 자신은 인간이란 존재를 혐오하는 편이라고 밝히신다. 동물 학대, 살인, 환경오염, 인종차별, 여성 또는 남성 혐오, 시도 때도 없는 전쟁, 테러 등 인간이란 존재를 혐오할 만한 이유는 다분하다. 나 또한 아침부터 이런저런 뉴스를 접하면서 하루를 무기력이나 분노로 시작한 적이 한두 번이 아니다. 그래서인지 《개인주의자 선언》을 읽으면서 어쩐지 문유석 판사님과 잘 통할 것 같다는 예감이 들었다.

> 나는 그저 이런 생각으로 산다. 가능한 한 남에게 폐나 끼치지 말자. 그런 한도 내에서 한 번 사는 인생 하고 싶은 것 하며 최대한 자유롭고 행복하게 살자. 인생을 즐기되, 이왕이면 내가 할 수 있는 범위 내에서 남에게도 좀 잘해주자. 큰 희생까지는 못하겠고 여력이 있다면 말이다. 굳이 남에게 못되게 굴 필요 있나. (…) 개인의 선택과 자유를 선호하며, 남에게 피해를 주지 않는 한도 내에서 살아 있는 동안 최대한 다양하고 소소한 즐거움을 느껴 보다가 아무것도 남기지 않은 채 조용히 가고 싶은 것이 최대의 야심이다.
>
> _문유석, 《개인주의자 선언》 18p, 문학동네, 2015년

나에게 문유석 판사님이 특히 인상적이었던 이유는 인간 혐오 증이 있으면서도 인간을 포기하지 않는 태도 때문이었다. 어쩌면

판사석에 앉아 보통 사람들은 살면서 한 번 만나기도 힘들 법한 범죄자들, 온갖 강력범죄를 수없이 접하셨을 테니 인간이라는 존재를 혐오하시는 게 당연하지 아닐까 싶었지만, 판사님은 오늘도 여전히 묵묵히 자신 앞에 놓인 사건에 충실하고 피해자와 피의자들을 배려하며 판결을 내리신다.

두 작가님과 비슷하면서도 다른 방식으로 타인을 위해 고군분투하는 또 다른 사람들이 있다. 아주대학교병원 중증외상센터장 이국종 교수님과 그가 이끄는 팀이다. 이국종 교수님이 쓰신 《골든아워》를 읽으면서 골든아워 안에 치료하면 살릴 수 있는 환자가 정말 많다는 걸 알게 됐다. 하지만 여러 가지 이유로 안타깝게 죽어가는 사람들의 사연을 읽으면서 중간 중간 책 읽기를 멈출 수밖에 없었다.

《골든아워》를 읽는 동안 몇 번이나 분노에 차서 가슴이 답답해졌다. 눈물이 고여 글자가 보이지 않기까지 했다. 세상에는 다치고 병드는 사람들이 넘쳐나는데 해결책이 있어도 시도조차 못 하게 막는 관료주의가 답답할 따름이다. 그와 동시에 지금 이 순간에도 몸과 마음이 부서져라 사회와 타인을 위해 희생하고 봉사하는 이들에게 경외감과 감사함을 전하고 싶다. 이런 분들을 볼 때마다 나는 앞으로 어떻게 살아야 할지 고민하게 된다.

눈앞의 남자나 내 환자들은 대부분 가난했고, 가난한데도 가장 비싼 외제 장비를 동원한 첨단 치료가 필요했다. 가난한 그들이 치료비용을 감당하지 못해 병원비를 지불하지 못하면, 그것은 가난한 내 부서로 적자가 되어 떨어져 내려왔다. 모순으로 가득 찬 이 상황에서 결국 녹아나는 것은 이 일을 하는 나와, 그런 나에게 이런 치료를 받아야만 하는 환자이다.

_이국종, 《골든아워》, 흐름출판, 2018년

이국종 교수님. 당신의 열정과 팀원을 향한 애정과 걱정 그리고 환자를 향한 책임감, 한국 사회를 향한 쓴소리와 현실에 지쳐 주저 앉고 싶어하는 솔직함까지 전부 다 존경합니다. 기록해주셔서 감사하고, 보다 많은 사람들이 선생님의 책을 읽고 각자의 위치에서 자신이 할 일을 다하길 바랍니다.

한편, 의사가 쓴 책 하면 이 책도 빼놓을 수 없다. 몸이 약한 편이지만 크게 아파본 적은 없었던 나에게 일상의 자잘한 고민들과 지금 집착하고 있는 작은 목표들이 얼마나 덧없는지 깨닫게 해준, 폴 칼라니티의 《숨결이 바람 될 때》이다. 의사로서 화려한 커리어가 막 펼쳐지기 시작하던 서른여섯 살에, 작가는 폐암 진단을 받았다. 몇 년을 신경외과 전문의로 일하며 환자들을 만났던 그가 어느 순간 환자의 입장이 된 것이다.

촉망받던 의사에서 암 환자라는 급격한 현실 변화는 그를 흔들고 무너뜨리기에 충분했으나, 그는 회의하고 고통받고 슬퍼하고 분노하는 와중에도 어떻게 하면 남은 시간을 충실하게 살아갈 수 있을지 고민했다.

폴에게는 의사라는 정체성이 너무나 소중했기에, 그는 투병하는 와중에도 의사로서의 삶을 포기하지 못한다. 그래서 수술대에 서기 위해 재활치료에 매진한다. 또한 남겨질 아이와 사랑하는 아내의 미래, 자신이 맡았던 환자들, 그리고 삶과 죽음을 고민하는 모든 이들에게 도움을 주기 위해 마지막 순간까지 책을 쓴다.

폴 칼라니티보다 인생을 충실하게 살았다고 말할 수 있는 사람이 과연 몇이나 될까? 그는 마지막 순간까지 사랑하는 사람들에게 둘러싸여 자연스럽게 숨을 거두기를 택했다. 그가 살았다면 더 많은 환자들을 살릴 수 있었겠지만, 그의 선택도 절대 헛되지 않았다고 생각한다. 자신을 괴롭히는 이런저런 집착과 고민으로부터 벗어나고 싶을 때 읽으면 정말 도움이 될 책이라고 생각한다. 그의 마지막 숨결이 더 많은 사람들에게 닿았으면 좋겠다.

출산, 버스 기사,
예쁜 옷, 할머니

　세상의 기준으로 보면 그리 특별할 게 없겠지만 나에게는 특별한 분들이 있다. 어쩌면 지극히 평범한, 하지만 내가 겪어보지 못한 삶을 자신의 일상을 통해 소개해주는 작가님들이다. 김슬기 작가님의 《아이가 잠들면 서재로 숨었다》는 아직 아이를 낳아보지 않은 나에게, 하혁 작가님의 《나는 그냥 버스기사입니다》는 버스 기사님과 대화해본 적 없는 나에게 많은 깨달음을 준 책이다.

　대부분의 경우, 출산과 육아는 여성의 인생을 구분하는 결정적인 기준이 된다. 이 시기 전후로 여성은 지금까지와는 매우 다른 삶을 살게 되는데, 아무래도 출산과 육아가 경력 단절로 이어지기 쉽다 보니 많은 여성들에게 자연스레 산후 우울증이 찾아온다. 출산과 육아로 직장생활, 인간관계, 사생활, 하다못해 푹 잘 수 있는 수면 시간까지 제약을 받다 보면, 세상에서 나라는 존재가 사라진다는 기분이 들 수밖에 없지 않을까 싶다.

많은 기혼 여성들이 저마다의 방법으로 이 허무함을 회복하려고 노력하겠지만, 김슬기 작가님에게는 책이 도피처이자 해결책이었다. 김슬기 작가님은 잠깐이라도 육아에서 벗어나 한 아이의 엄마가 아닌 자기 자신이 되고 싶어 책을 읽으셨다. 그렇게 읽은 책이 한 권, 두 권 모여 어느새 1년에 160권이 넘게 쌓이고, 결국 작가가 되셨다.

김슬기 작가님은 소설, 에세이, 인문학, 철학, 과학, 역사 할 것 없이 다양한 분야를 아우르는 책을 읽으면서 지금 내 눈앞에 있는 문제가 세상의 전부가 아님을 깨달았다고 밝히신다. 한 권의 책을 읽을 때마다 배움에 대한 갈망이 커지다 보니 다음 책에도 손을 뻗게 되는데, 이 모습을 지켜보며 자란 어린 딸이 어느새 '엄마가 세상에서 제일 좋아하는 일은 책 읽기'라고 생각하게 된 것을 자랑스럽게 여기신다. 작가님은 매주 다른 주제로 독서 모임을 열면서 책을 중심으로 새로운 사람들을 만나 인생과 사회에 대해 대화를 나누고 성찰하신다. 작가님의 끝없는 도전과 열정을 보면서 나는 아직 멀었다고 느끼는 한편으로, 내 꿈의 폭을 넓힐 수 있게 해주어 고맙다는 생각이 들었다.

그 끔찍한 시간을 보내고 나서야 '엄마'라는 단어의 폭력성을 깨달았다. 엄마라는 단어가 지닌 보편성은 얼마나 무서운가. 엄마라는 말이 가진 이미지는 너무나 강렬해서, 내가 엄마가 되는 순간 '나'라는 인간이 갖고 있던 개별성은 흔적 없이 사라진다. 나는 엄마이기 이전에 '나'라는 한 사람인데, 엄마가 되는 순간 '나'라는 존재의 특징은 모두 버린 채 '좋은 엄마'라는 틀에 맞는 사람으로 태어나라니 그게 가능할까.

_김슬기, 《아이가 잠들면 서재로 숨었다》 50p, 웨일북, 2018년

하혁 작가님의 《나는 그냥 버스기사입니다》는 사람들에게 너무 익숙해서 쉽게 잊힐 수 있지만 우리 일상에 필수적인 버스 기사의 일상을 담고 있다. 시원시원하고 솔직한 성격이 문체에서 그대로 드러나 읽는 내내 즐겁고 유쾌했다. 작가님이 얼마나 따뜻하고 정이 많으며 삶에 대한 의지와 배움을 향한 즐거움을 만끽하는 사람인지가 책을 통해 고스란히 전해졌다.

매일 버스를 타면서도 버스 기사님과 제대로 대화를 나눠본 승객이 많지 않을 거라는 점을 감안하면, 이 책은 많은 사람들이 그동안 궁금해하면서도 알아보려 하지 않았을 의문을 풀어준다. 버스 기사님들이 마스크와 선글라스를 끼는 이유, 다른 버스가 지나가면 기사님들끼리 인사하는 이유 등이 한 번이라도 궁금했던 적이 있다면 망설임 없이 이 책을 읽어보길 권한다.

버스 기사라는 직업 외에도 시인, 독서가, 운동선수 등 다양한 역할을 가진 작가님은 가족에 대한 사랑도 마치 사골 국물처럼 진

하게 드러내신다. 3,000~5,000원짜리 식권으로 밥을 먹으면서도 자신이 한 끼를 굶으면 이 식권으로 아들 밥을 챙겨줄 수 있다고 한 부분에서는 울컥 눈물을 흘리고 말았다. 나의 좁은 시야를 넓혀 준 작가님이 앞으로도 건강하고 행복하게 사시길 바란다.

우리 사회에 빈번한 일이지만 아직까지는 편견이 가득한 이슈를 다룬 책도 있다. 이서희 작가님은 《이혼일기》에서 한없이 무력해질 수 있었던 이혼을 통해 오히려 자신을 더 잘 이해하고 스스로를 찾아가는 법을 배웠다고 밝히신다. 책을 통해 만난 작가님은 자녀들을 현명하게 가르치고 온화한 사랑을 주는 엄마이면서도 연애도 하고 친구들도 만나면서 본인 인생을 즐길 줄 아는 분이다.

> 겉으로 보기에는 행복한 삶이었지만, 나는 불편했다. 나만 더 괜찮으면 우리 가족은 완벽한 삶을 살 수 있을 텐데. 스스로 나무라는 일을 계속했다. 어떻게든 버텨서 행복해 보이는 삶을 유지하고 싶었다. 행복하지 않은 나를 꾸짖고 비난하면서.
>
> _이서희, 《이혼일기》, 아토포스, 2017년

나는 《이혼일기》 덕분에 사람들이 이혼을 고민하면서도 망설이는 이유를 조금이나마 알게 되었다. 보통 이혼하지 말아야겠다고 생각하는 이유 중 하나는 자신이 참으면 가족 전체가 행복해진다고 믿기 때문이란다. 하지만 자기 삶에서 가장 중요한 사람이 본인인데, 내가 불행하면 무슨 소용일까? '나 하나만 괜찮으면'이라는 가정은 스스로를 속이는 것이라고 생각한다. 이혼은 절대 나쁜 일이 아니다. 같이 살면서 맞지 않은 부분들이 많아져 헤어지는 것뿐인데, 행복을 가장한 불행을 방치하지 않았으면 좋겠다.

물론 아이들이 있다면 충격을 받지 않도록 부모로서 사랑을 표현해주고 이혼 과정에서 선택해야 할 사항들을 함께 이야기할 수 있도록 대화에 참여시키는 것이 중요하다고 생각한다. 아이들에게도 통보받을 의무가 아닌 함께 결정할 권리가 있으니까. 엄마 아빠가 헤어지기로 결정할 수밖에 없었던 이유를 아이가 공감하고 이해할 나이가 된다면, 허심탄회하게 대화를 나누는 것도 나쁘지 않다고 생각한다. 본인뿐 아니라 가족의 정신적 건강도 지킬 수 있게 말이다.

무레 요코의《모모요는 아직 아흔 살》도 의미 있는 책이다. 나는 태어났을 때부터 줄곧 할머니와 함께 살았는데, 어릴 때는 맞벌이를 하신 부모님보다 할머니와 보내는 시간이 더 많았다. 나는 애교도 많고 눈치도 빨라서 할머니 마음을 찰떡같이 이해하는 사랑스러운 손녀였는데, 사춘기를 거쳐 고등학생 때부터 기숙사 생활을 하는 동안 어느새 할머니와 멀어지게 되었다. 함께 보내는 시간이 줄어드니 자연스레 할머니와의 추억도, 대화도 적어졌다.

할머니께서는 내가 어릴 때는 정말 싹싹하고 할머니를 엄청 따랐는데 이제는 몇 마디 나눌 시간도 부족하다고 여러 번 섭섭함을 토로하셨다. 그럴 때면 나도 서운해져서 내 딴에는 할머니를 많이 신경 쓰는 편이라고 말하곤 한다. 머리로는 할머니와 이것저것 해봐야지 다짐하면서도 막상 실천하기는 왜 이렇게 어려운지 모르겠다.

그래서인지 《모모요는 아직 아흔 살》을 읽으면서 할머니 생각이 많이 났다. 할머니가 훌쩍 커버린 손주를 바라보며 어떤 마음이실지 조금이나마 엿본 느낌이었다. 우리 할머니도 모모요처럼 학구열이 높아 가족의 반대를 무릅쓰고 어린 나이에 홀로 상경해 치열하게 공부한 끝에 서울대를 졸업하셨다. 여행을 좋아하셔서 세계 곳곳을 다니셨고 각 나라별 기념품도 집에 전시해두셨다. 장구, 일본어, 영어, 하모니카 등을 틈틈이 배우시고 부동산 시장에도 빠삭하시다. 내 독한 성격은 분명 할머니에게 물려받은 것 같다.

나는 모모요 덕분에 감사하게도 할머니께서 예전에 해주셨던 말씀을 더 깊게 이해할 수 있었다.

노인은 어째서 어두운 색을 좋아한다고 생각하는 거야? 그런 것밖에 없으니까 할 수 없이 사는 것뿐이라고.
_무레 요코, 《모모요는 아직 아흔 살》 52p, 이봄, 2018년

생각해보니 할머니도 늘 이런 말씀을 하셨다. 엄마가 옷을 사 오시면 윤지가 입는 것처럼 알록달록한 건 없냐고 되묻곤 하시는데 그럴 때마다 내가 더 속상했다. 그래서 요즘은 디자인이 사랑스러운 잠옷이나 니트를 볼 때마다 할머니 생각이 더 많이 난다.

하루는 인터넷에서 마음에 와 닿는 글을 발견했다. 부모님이든 조부모님이든 사랑하는 사람들의 영상을 많이 찍어두라는 글이었다. 사진도 좋지만 목소리와 행동을 남겨야 나중에 더 기억하기 쉽다는 것이다. 그러고 보니 할머니와 사진은 틈틈이 찍는데 영상을 찍은 적은 없는 것 같았다. 미국으로 돌아가기 전에라도 할머니랑 곱게 차려 입고 함께 산책하는 영상이라도 찍어야겠다고 다짐했다.

이처럼 모든 책에는 작가 고유의 시선이 담겨 있다. 나는 지금도 알아가고 싶은 사람이 많고 배우고 싶은 삶의 태도도 넘쳐난다. 그래서 오늘이 행복하고 내일이 기대된다.

얼굴과 몸매 아니면
궁금한 게 없으신가요?

얼마 전 걸그룹 AOA의 멤버 지민이 SNS에 올린 사진이 화제가 되면서 며칠간 포털 사이트 메인을 장식했다. 사진 속 지민은 평소에도 말랐던 몸매가 더 야위어 소위 말하듯 '팔로 걸어다니는 수준' 같았다. '지민 다이어트', '지민 거식증' 등이 실시간 검색어에 오르고 수많은 사람들이 지민의 건강을 걱정하는 댓글을 달았다. 소속사에서 지민이 건강하다고 발표했지만, 대중은 혹시 소속사에서 지민에게 이렇게까지 살을 빼도록 시킨 것이 아니냐며 의혹을 퍼부었다. 결국 지민이 직접 나서서 건강에 이상이 없으니 걱정하지 않아도 된다고 밝혔다.

나는 보스턴에서 이 사건을 지켜보면서 묘한 불편을 느꼈다. 우리는 왜 이렇게 타인의 외모와 몸매에 관심이 많은 걸까. 사람이 살다 보면 살이 찔 때도 있고 빠질 때도 있는데, 이게 해명까지 할 일인가? 연예인들은 유독 대중의 엄격한 잣대를 마주해야 하니 정말 피곤하겠다 싶었다. 조금만 부은 사진이 찍혀도 "다이어트 안 하냐", "자기관리 안 하네", "돼지 같다" 같은 댓글이 수두룩하게 달리고 그 사진은 오래도록 굴욕 사진이라 불리며 인터넷을 떠돈다. 물론 독하게 살을 빼면 "예쁘다", "다이어트 어떻게 했냐", "몸매 최강이다" 같은 칭찬이 댓글창을 도배한다.

나는 두 가지가 모두 불편하다. 외모를 칭찬한다는 것은 외모가 달라지면 언제든지 비난을 받을 수도 있다는 뜻이다. 외모가 전부가 아닌데 이렇게 외모에만 관심이 집중되면 당연히 더 중요한 내면의 아름다움을 볼 기회는 적어질 수밖에 없다. 정말 안타깝다.

어린 딸이 당신에게 자신이 예쁘냐고 묻는다면 마치 마룻바닥으로 추락하는 와인 잔 같이 당신의 마음은 산산조각 나겠지. 당신은 마음 한편으로는 이렇게 말하고 싶을 거야. 당연히 예쁘지, 우리 딸. 물어볼 필요도 없지. 그리고 다른 한편으로는 발톱을 치켜세운 한편으로는 그래 당신은 딸아이의 양 어깨를 붙들고서는 심연과도 같은 딸아이의 눈 속을 들여다보고는 메아리가 되돌아올 때까지 들여다보고는 그러고는 말하겠지. 예쁠 필요 없단다. 예뻐지고 싶지 않다면 말이야. 그건 네 의무가 아니란다.

_러네이 엥겔론, 《거울 앞에서 너무 많은 시간을 보냈다》 36p, 웅진지식하우스, 2017년

노스웨스턴대학교 심리학과 교수인 러네이 엥겔론은 이상적인 몸이라는 사회적 기준에 자신을 맞추려고 무리하게 다이어트를 하며 몸과 마음을 옥죄는 여성들의 인터뷰를 모아《거울 앞에서 너무 많은 시간을 보냈다》를 출간했다. 책에는 사회가 요구하는 획일화된 미의 기준에서 벗어나고 싶어 몸부림치면서도, 쳇바퀴처럼 현실을 맴도는 여성들의 고충이 솔직하고 날카롭게 묘사되어 있다.

아마 많은 나라에 존재하는 문제겠지만 한국은 유독 심하다는 생각을, 해외에서 살면서 더 많이 하게 되었다. 화면에 부하게 나온다는 이유로 무리하게 식단을 조절해 앙상한 몸을 만들었지만, 건강을 잃어가는 여자 연예인들에게 열광하는 사회를 보면 씁쓸한 마음을 감출 수가 없다. 이들을 보면서 자신감을 잃어가고 거식증, 폭식증까지 얻는 사람들이 우리 주변에는 생각보다 많다. 여성은 키가 몇이든 50킬로그램이 넘으면 돼지라고 생각하는 사람들 때문에 수많은 여성들이 자신의 몸을 사랑하지 못한다. 여성은 꾸미는 데만 신경 쓸 줄 알지, 일도 제대로 못 하고 남성들에 비해 능력이 부족하다고 생각하는 사람들도 많다.

나 또한 여러 식이장애에 시달렸던 경험이 있다. 중학생 때 열정적으로 좋아하던 동방신기가 해체를 했을 때, 그 상실감을 이기지 못하고 며칠간 음식에 손을 대지 못했다. 내가 단식 투쟁이라도 하면 재결합할 거라고 생각했던 걸까? 며칠 뒤 아빠에게 호되게 야단을 맞고 식사를 했지만, 이때 워낙 살이 많이 빠졌기 때문에 학교 친구들에게 어떻게 살을 뺐느냐, 너무 예뻐졌다는 말을 많이 들었다. 한창 감수성이 예민하고 외모에도 관심이 많던 사춘기 소녀에게 그런 말과 시선은 생각보다 크게 다가왔다. 이때 처음으로 살을 빼면 예뻐진다는 인식을 갖게 되었다.

그런 인식을 가지고 이십대를 보내는 동안 나 역시 안 한 다이어트가 없을 정도로 체중 관리에 열을 올렸다. 원푸드 다이어트, 무작정 굶기, 저녁 여섯 시 이후 금식, 줄넘기, 헬스, 수영, 단백질 셰이크 먹기, 샐러드 먹기 등. 새 모이만큼 먹고 러닝머신 위에서 뛰고 근력 운동을 했다. 중학교 3학년 때는 갈비뼈가 드러날 정도로 앙상해졌는데 위에 탈이 나서 헛구역질도 자주 했다. 민사고 진학 후에도 그 맛있다는 급식을 생략했고 저녁에는 배구 동아리 활동을 하느라 굶었다. 대학에 가서도, 그리고 로스쿨에 재학 중인 지금도 몸무게가 조금이라도 늘면 한없이 우울해져서 굶기 일쑤다.

다행인 점은, 나오미 울프의 《무엇이 아름다움을 강요하는가》를 비롯해 여성에게만 요구되는 외모 강박을 다룬 책들을 꾸준히 읽으면서 예전에 비해 조금씩 몸으로부터 자유로워지고 있다는 것이다. 여전히 체중계 숫자에 웃고 울고 음식을 정말 좋아하면서도 한편으로는 두려워하지만, 많은 책을 통해 나만 이런 시선과 기준으로 힘들어하는 게 아니라는 사실을 깨닫게 된다. 덕분에 내 솔직한 고민을 지인들과 자주 나누게 되었다.

내가 다이어트, 식단 조절, 칼로리, 운동, 살, 옷차림 등에 쏟았던 시간을 모두 모아 다른 일을 했다면 내 인생은 어떻게 달라졌을까? 다이어트에 쏟았던 열정으로 여행을 더 자주 다녔거나 새로운 취미를 즐겼거나 사랑하는 사람들과 더 돈독한 관계를 맺었을 수도 있었다고 생각하면 아쉬움이 많이 남는다. 확실한 것은 나처럼 세상이 정한 숫자에 자신을 맞추느라 고통받았던 사람들이 그 시간과 열정을 각자 좋아하는 일을 하는 데 쏟았다면, 지금과는 확연히 다른 인생을 살 수 있었을 거라는 점이다.

> 어쩌면 당신은 외모와 관련된 습관을 전혀 바꾸고 싶지 않을 수도 있다. 어쩌면 외모에 시간과 돈을 쓰는 것을 즐길 수도 있다. 당신이 거기서 행복을 느낀다면 아무 문제가 없다. 그러나 나는 아직도 당신에게 외모 강박과 싸우기 위해 단 하나의 특별한 일을 해보라고 부탁하려 한다. 보디 토크를 피하고 외모 관련 대화를 줄임으로써 다른 소녀와 여성이 자신을 외모 이상의 의미를 지닌 존재로 느끼게 하자.
>
> _러네이 엥겔론, 《거울 앞에서 너무 많은 시간을 보냈다》 36p,
> 웅진지식하우스, 2017년

"너 못생겼어", "너 뚱뚱해", "너 살 좀 빼" 같은 말의 반대말은 "너 예뻐", "너 참 아름답네", "너 날씬해"가 아니라고 생각한다. 꼭 해야 한다면 생김새와 체형이 아닌 그 사람이 가진 다른 장점이나 특기를 언급하는 건 어떨까? "외모를 칭찬하는 것 또한 외모 평가의 일부다"라는 주장에 대해 한 번이라도 진지하게 고민해봤으면 좋겠다.

우리는 너무 쉽게 타인에게 지켜야 할 선을 넘으면서 상처를 주고받는다. 말이 칼이 되어 타인에게 치명상을 줄 수 있다는 사실을 잊은 채 인터넷의 익명성을 빌려 거침없이 칼을 휘두른다. 조금만 더 타인의 입장에서 생각하면서 사회가 정해놓은 미적 기준을 비판적으로 바라볼 수 있었으면 좋겠다. 외모에 전혀 신경을 쓰지 않고 살 수는 없지만 지금처럼 엄격한 잣대만큼은 벗어났으면 한다.

타인을 어디까지
이해할 수 있을까

요즘 엄마에게 자주 하는 말이 있다. "엄마는 쉬는 법을 몰라?" 아파도 피곤해도 졸려도 기분이 상해도, 엄마는 우리 가족에게 맛있는 음식을 해주고 편하게 지내게 하려고 매번 직접 요리와 청소를 하신다. 저렇게 작은 몸에서 어떻게 저런 에너지가 나오는지 의아하다가도 때로는 마음이 아파 눈물이 흐른다. 남들에게는 무뚝뚝해 보일 수 있는 우리 엄마는 사실 누구보다 정이 많고 사랑이 넘치고 여린 사람이다. 그걸 정말 잘 아는 나는 지금 이 순간에도 엄마가 아프지 않고 행복하게 오래 사시기를 바란다.

이런 글을 쓰는 이유는, 얼마 전에 또 울음을 터뜨렸기 때문이다. 유난히 감정 기복이 심하고 감수성이 예민한 나는 자꾸만 아무것도 아닌 일로 눈물을 흘린다. 내 고통에 빠져 허우적대느라 그 모습을 지켜볼 엄마의 마음을 헤아리지 못하고 오히려 엄마가 나를 이해해주지 못한다고 원망만 했다. 정작 나도 엄마를 온전히 이해할 수 없으면서.

엄마와 나는 가족이고 모녀 사이이지만 서로에게 타인이다. 아무리 혈육이라도 내가 아닌 존재는 모두 타인일 수밖에 없다. 내 마음을 속속들이 알아주지 못한다고 싫은 소리를 하기보다 엄마를 결코 이해하지 못하는 나를 지금까지 키워주신 시간과 마음에 감사해야겠다. 더 나이가 들어 언젠가 엄마를 지금보다 더 깊게 이해할 수 있게 되었을 때 너무 후회하지 않기를 바란다.

최해운 작가님의 《누구나 한 번은 엄마와 이별한다》는 이러한 깨달음을 준 책이다. 작가님의 어머니는 일찍 세상을 떠난 남편을 대신해 여덟 남매를 홀로 악착같이 키우다 암으로 세상을 떠나셨다. 최해운 작가님은 책에서 어머니께 살아생전 못 해드린 것들에 대한 후회, 그리움, 그리고 어머니의 병세를 일찍 알아차리지 못한 자책을 토해내신다. 더 늦기 전에 한 번이라도 부모님과 아름답고 소중한 추억을 쌓으라고 내게 당부하시는 듯했다.

먹고살기 바쁘다는 이유로 소중한 이들에게 고맙다, 사랑한다는 말 한마디 제대로 건네지 못할 때가 많다. 아마 이 책을 읽는 분들 중에도 나와 같은 생각을 하는 분이 많을 것이다. 하지만 우리 모두 알고 있듯, 이런 생각은 오래가지 못한다. 우리의 하루는 너무 바쁘고, 당장 해야 할 일도 너무 많으니까. 혹시 내 생각에 동의하는 분이 계신다면 잠시 책을 내려놓고 지금 떠오르는 그분에게 연락을 해보는 건 어떨지. 낯간지러울 수도 있고 손발이 오글거릴 수도 있고 어색할 수도 있지만, 그래도 좋으니 한 번이라도 사랑한다고, 고맙다고, 보고 싶다고 전하자.

> 부모는 평생 자식의 울음과 불평과 신음 소리를 듣는다. 태어나는 순간 빽 하고 첫소리를 냈을 때도, 돌부리에 넘어져 무릎이 깨졌을 때도, 시험에 떨어져 꿈이 좌절되었을 때도, 사귀던 여자친구와 헤어졌을 때도, 회사에서 스트레스 받고 술에 취해 들어왔을 때도…… 자식이 울고 소리 지르고 신음하고 으르렁거릴 때 어머니는 다 듣는다. 하지만 자식이 어머니의 비명을, 울음소리를 들을 기회는 별로 없다. 자식은 언제나 엄마를 찾아 그 품에서 울지만 어머니는 자식 몰래 숨어서, 돌아서서 운다.
>
> _최해운, 《누구나 한 번은 엄마와 이별한다》 33p, 이와우, 2018년

주변 사람들의 소중함을 되새기게 해주는 계기 중에 영화도 빼놓을 수 없다. 한동안 내 인생 영화에서 빠지지 않았던 작품 중에 〈세상에서 가장 아름다운 이별〉과 〈슬픔보다 더 슬픈 이야기〉가 있다. 아직 정말 가까웠던 사람과 영원한 이별을 해본 적 없는 나이지만 이 두 영화는 몇 번을 봐도 대성통곡을 하게 만드는 명작이다.

우리 모두는 언젠가 누군가와 이별을 해야 한다. 사랑하는 부모님, 친구들, 연인, 반려동물이나 반려식물, 심지어 자신하고도. 원하지 않아도 필연적으로 찾아오는 게 죽음이다. 우리는 이별을 통해 때로는 가슴에 한과 상처를 남기고, 때로는 남겨진 이들을 더 많이 사랑하게 된다.

예기치 못한 사건으로 사랑하는 사람이 떠날 때도 있다. 존 그린의 《잘못은 우리 별에 있어》 속 주인공 어거스터스와 헤이즐은 모두 암으로 투병 중이지만, 작가는 두 아이가 병으로 힘들어하기보다 삶을 고민하는 태도를 더 부각시킨다.

빤한 신파가 아니어서인지 이 책은 읽는 내내 편안한 마음이 들었고 여운도 더 강하게 남았다. 이 책이 나에게 유독 의미 있는 이유는 남자 친구의 인생 책이기 때문이다. 그래서인지 주인공을 통해 남자 친구를 더 깊게 이해하게 되었다. 남자 친구는 어거스터스처럼 세상에 흔적을 남기고 영원히 기억되고 싶어한다. 어릴 적 어거스터스는 자신이 죽으면 신문에 부고가 실릴 정도로, 명성이 높고 가치 있는 삶을 살 수 있을 것이라 믿었다. 그래서 이른 나이에 암에 걸려 아무것도 이루지 못하고 죽어가게 된 자신을 무척이나 싫어한다.

나는 헤이즐처럼 내가 죽고 난 뒤의 세상에 별 생각이 없다. 내가 살아 있을 때 누군가에게 좋은 영향을 주는 것은 기쁘고 뿌듯하지만, 영원히 기억되고 싶은 욕구는 없다. 죽으면 그만이고, 어떤 것에도 미련이 없다고 생각한다.

그래서인지 어거스터스에게 서운함을 느끼는 헤이즐의 마음에 백 번도 넘게 공감할 수 있었다. 연인을 누구보다 열정적으로 사랑하고 응원해주는 헤이즐이 있는데도 세상 사람들이 자신을 알지 못한다는 사실에 실망하고 속상해하는 어거스터스에게서 우리 커플의 모습을 보았기 때문이다.

이 책을 읽기 전에도 나와 남자 친구는 명성과 죽음에 대해 자주 대화를 나누면서 서로의 다른 성향을 이해하려고 노력해왔다.

하지만 기본 성향이 달라서 매번 벽에 부딪히는 느낌이 들곤 했다. 다행히 책을 읽으며 어거스터스를 이해하게 될수록 남자 친구의 욕구도 자연스럽게 마음에 와 닿기 시작했다. 갑자기 세상에 기억되고 싶은 욕망이 생겨난 것은 아니지만 남자 친구가 왜, 어떤 심정으로 세상에 흔적을 남기고 싶어하는지 조금은 알게 되었다.

이 책은 두 아이의 시점으로 전개되어서인지 대사 한마디 한마디가 참 순수하고 예쁘다. 자신이 죽으면 모든 신문에 부고가 실려 자신의 삶이 회자될 거라고 믿었던 어거스터스는 끝내 꿈을 이루지 못한 채 사랑하는 이들의 애도 속에서 세상을 떠나지만, 분명한 건 어거스터스의 가족과 친구들이 그를 진심으로 사랑했다는 것이다.

누군가에게는 어거스터스의 마지막 순간이 밋밋해 보일 수도 있겠지만, 적어도 나는 어거스터스의 삶이 따뜻하고 풍요로웠다고 생각한다. 상대방이 나보다 일찍 죽을 수도 있다는 사실을 알면서도 기꺼이 사랑하기를 택한 두 아이는 자신들이 서로에게 기꺼이 상처받기를 선택했다고 말한다. 더 나아가 그 선택이 좋다며 상대도 자신을 선택한 것을 후회하지 않기를 바란다고 밝힌다.

누군가를 사랑하게 되면 따뜻함, 설렘, 포근함뿐 아니라 슬픔, 가슴 저림, 실망감도 필연적으로 따라오게 마련이다. 하지만 상대를 마음에 품음으로써 받을 수 있는 상처까지 기꺼이 사랑하고 책임지겠다는 두 아이의 진심이 내 마음을 오래도록 울렸다.

〈너의 췌장을 먹고 싶어〉도 나에게는 아주 특별한 영화다. 초반에는 혼자 있는 것은 좋지 않으니 진정 행복하게 살고 싶다면 사람들과 어울리라는 빤한 메시지인가 싶었는데, 전혀 다른 내용이었다.

언젠가 잃어버릴 걸 아는 날 친구나 연인처럼 네 안에 특별한 존재로 두고 싶지 않았겠지. 그래도 나는 그런 널 멋지다고 생각했어. 누군가와 엮이려 하지 않고 혼자 굳건히 살아가는 강한 하루키를. 난 강하지 못해서 친구나 가족을 내 슬픔에 말려들게 해버려. 그런데 넌 언제나 너 자신이었어. 하루키는 정말 대단해. 그러니까 그 용기를 다른 사람들에게도 나눠줘. 그렇게 누군가를 좋아하게 되어 손을 잡고 안아주고 뭔가 찜찜하고 어딘가 답답하더라도 많은 사람들과 마음을 나눠줘. 내 몫까지 살아줘. 난 네가 되고 싶어. 네 안에서 계속 살아가고 싶어.

남자 주인공인 하루키는 우연히 사쿠라가 불치병에 걸렸다는 사실을 알게 된다. 사쿠라는 하루키에게 자신이 죽기 전에 버킷 리스트를 완성하고 싶은데 함께 도전해주지 않겠느냐고 제안한다. 사쿠라에게 미안한 마음이 든 하루키는 마지못해 승낙하지만, 함께 보내는 시간이 많아지면서 둘은 점점 가까워진다. 하루키는 사쿠라가 죽은 후 그녀가 살아생전 하루키에게 꾸준히 남겼던 공병문고를 보게 된다. 공병문고에는 상처받지 않기 위해 그 누구와도 엮이지 않고 혼자 자신의 삶을 충실하게 살아가는 하루키를 이해하고 존경한다는 사쿠라의 메시지가 남겨져 있다.

사쿠라는 자신이 강하지 못해서 가족과 친구들에게 자신의 슬픔을 전파시킨다며, 하루키가 공병문고를 통해 본인의 굳건함을 불안정한 자신과 다른 사람들에게 나눠주고 그들과 진심을 주고받으면 좋겠다고 부탁한다. 많은 사람들과 마음을 나누며 자기 몫까지 살아달라는 사쿠라의 마지막 메시지에 눈물이 앞을 가렸지만, 이내 나는 미소를 지었다.

본인이 곧 세상을 떠난다는 걸 알면서도 혼자만의 세상이 편하고 안전하다고 느끼는 사람에게 굳이 돌멩이를 던져 파장을 일으키는 게 이기적인 게 아닐까 하는 생각도 했다. 만약 내 삶을 통째로 흔들어놓은 사람이 어느 순간 갑자기 사라져버리면 남겨진 사람은 완전히 무너져버릴 수도 있으니까. 인생에 이런 사람이 있다면 고마우면서도 원망스럽고, 피하고 싶으면서도 절대 피하지 못할 것이다.

훌륭한 감독과 제작진이 탄생시킨 좋은 작품을 통해 삶과 죽음, 내 주변 사람들의 소중함을 깨달을 수 있다는 게 얼마나 감사한지. 꼭 이별을 직접 겪어봐야 관계의 소중함을 알 수 있는 건 아니라는 점이 새삼 다행스럽다.

어쩌면 우리는 언젠가 가슴 아픈 이별을 한다는 사실을 알기 때문에 타인을 사랑하길 두려워하는지도 모른다. 그래도 좀 더 용기를 내어 사랑하고, 웃으며 작별할 수 있었으면 좋겠다. 먼저 다가가고 먼저 말을 건네고 먼저 사랑하기를 두려워하지 않는 아름답고 용기 있는 선택이 훗날 후회할 일을 조금이나마 줄여주길 바란다.

저도 따돌림을
당해봤어요

학창 시절 한 번도 따돌림을 당해보지 않은 학생은 과연 몇 퍼센트 정도 될까? 단 한 번도 친구들 눈치를 본 적이 없고 언제나 무리에 섞여 별일 없이 졸업한 학생은 몇이나 될까? 지금 이 순간에도 수많은 아이들이 따돌림을 당하고 있으며, 그중 일부는 목숨까지 끊는다. 인간이란 본래 악한 존재여서 별것도 아닌 이유로 누군가를 트집 잡고 따돌리고 폭력을 가하고 벼랑 끝으로 모는 걸까? 아니면 다들 살아남기 위해 저마다의 방식으로 처절하게 발버둥치는 걸까?

나는 어린 시절 누군가를 따돌려보기도 했고, 따돌림을 당하기도 했다. 초등학생 때는 여자 아이들이 무리를 지어 몰려다니는 경우가 많았는데, 그 안에서는 매일같이 암묵적인 눈치 싸움이 벌어졌다. 왜 모두가 사이좋게 지내면 안 되는 건지. 무리 내에서 누구 하나 튀거나 두드러진다 싶으면 곧바로 질투심이 생기고 뒷담화가 이어지기 십상이었다. 근거 없는 소문은 삽시간에 교실 전체로 퍼져나갔다. 무리에서 이탈한 친구들이 운이 좋아 새로운 무리에 편입되면 또다시 타깃이 되지 않기 위해 자신이 받은 상처 위에 또 다른 상처를 얹어 자신보다 약한 친구를 다음 희생자로 삼곤 했다.

지금 잘 지내도 언제든 외톨이가 될 수 있는 아슬아슬한 긴장이 내가 기억하는 초등학교 시절의 친구 사이였다. 성인이 된 후에 동성 친구들끼리 속마음을 털어놓으면서 남자애들은 어떻게 그렇게 싸우고도 다음 날 다시 아무렇지 않게 놀 수 있는지 모르겠다며, 그 단순함과 화끈함이 때론 부럽다는 이야기를 하곤 했다.

나는 6학년 2학기에 이사를 가는 바람에 친구들과 다른 중학교로 배정되었다. 중학교 입학 첫날, 같은 반 친구들이 어느 초등학교 출신인지 명단을 보는데 '안양남초등학교'는 혼자 쓸쓸히 칸을 채우고 있었다. 다음 날 아침, 나는 거울을 보며 주문을 외웠다. 잘할 수 있다고. 좋은 친구들을 만나서 열심히 공부하고 학교도 재미있게 다니자고. 쉽게 적응할 수 있을 거라고. 그렇게 불안한 마음을 다독였다.

그날 학교에 조금 일찍 도착해 구석 자리에 앉았다. 얼마 지나지 않아 친구들이 하나둘 교실로 들어왔는데, 모두 같은 초등학교를 졸업해서 친분이 있다 보니 나만 빼고 다들 왁자지껄했다. 아침에 거울을 보면서 걸었던 주문이 무색하게 나는 조용히 책상만 내려다보고 있었다. 그때, 어디선가 세 아이가 나타나 내 옆에 책가방을 내려놓고 반갑게 인사를 건넸다. 깜짝 놀라 그 아이들을 보는 순간, 환하게 웃는 모습에 마음을 빼앗긴 나는 굳게 결심했다. '아, 이 아이들이 내 친구구나. 얘들이랑 친하게 지내야겠다.' 우리 넷은 그렇게 한 무리가 되었다.

지금도 생각한다. 그때 다른 친구들을 조금만 더 만나보고 결정할걸. 그랬다면 그렇게 지독하게 아프지 않았을 텐데. 처음에는 여느 무리처럼 네 사람 모두 잘 어울렸다. 좋아하는 연예인, 연애, 공부, 가족 등 대화할 거리는 끊이질 않았고 방과 후에는 함께 학교 앞 떡볶이 집으로 몰려갔다. 하지만 시간이 흐를수록 우리 사이에는 틈이 벌어졌고, 어떻게 해야 할지 몰라 방치했던 틈은 어느새 걷잡을 수 없을 만큼 커져버렸다.

눈치가 빠른 덕분에 어느 순간부터 세 명 중 두 명이 내 말에 반응을 하지 않는다는 것을 알게 되었다. 나를 제외한 셋만 속닥거리는 횟수가 점점 잦아진다는 것도 알게 되었다. 심장이 덜컹 내려앉는 듯했다. 어떻게 하면 이 상황에서 벗어날 수 있을까 고민한 끝에, 그저 아무 일도 없는 것처럼 잠자코 지내야겠다고 다짐했다. 얼마 지나지 않아 괜찮아질 수도 있는 일을 굳이 입 밖으로 꺼냈다가 문제가 더 커질 수도 있겠다고 판단했다. 이미 생긴 금을 내가 더 굵게 될까 봐 겁이 났다. 바보였다. 그들이 얼마나 대단한 존재라고 나 자신을 괴롭히면서까지 그 시간을 견딘 건지. 너무 순진해서 더 바보 같았다.

한번 시작된 따돌림은 나날이 심해졌다. 점심시간이 되면 서둘러 자기들끼리 급식실에 갔고 돌아와서는 "어, 너 화장실에 간 줄 알았어" 하고는 보란 듯이 자기들끼리 쑥덕쑥덕, 재잘재잘, 까르르대는 게 너무나 괴로웠다. 다른 친구들을 사귀고 그 친구들과 편하게 밥을 먹으러 갔어도 됐는데, 미련 곰탱이였던 나는 차라리 점심을 굶는 쪽을 택했다.

넷이 함께 다니면서도 내 이야기와 인격이 존중받지 못하는 시간이 계속되던 어느 날, 마음이 와르르 무너졌다. 그날도 어김없이 세 친구는 점심을 맛있게 먹고 돌아와 수다 삼매경에 빠져 있었는데, 갑자기 서러움이 폭발한 내가 교실 한복판에서 엉엉 울어버린 것이다. 내가 잘못한 게 있으면 알려달라고, 무조건 고칠 테니까 알려만 달라고 거의 빌다시피 했다. 갑작스러운 사태에 그들도 당황했는지, 아니면 교실에 있던 다른 친구들의 눈치가 보였는지 얼른 다가와 나를 안고 다독여주었다.

그때 나는 모든 문제가 눈 녹듯 사라졌다고 생각했지만, 그것 또한 나의 착각이었다. 그날 이후로 아이들의 따돌림은 훨씬 더 교활해졌고 눈에 띄지 않게 진행되었다. 그 후로도 나는 여전히 겉돌았으며 점점 학교에 가기 싫어졌다. 우울감이 혈관 깊숙이 스며드는 것 같았다. 표정은 생기를 잃었고 끼니를 제대로 챙기지 못해 점점 말라갔으며 기계적인 미소만 짓고 다녔다.

그러던 어느 늦은 밤, 학원 수업이 끝나고 집으로 돌아가던 중에 유난히 발걸음이 떨어지지 않아 평소보다 늦게 아파트 단지에 도착했다. 이대로 그냥 사라져버릴까 싶은 절망감에 눈물이 맺혀 울고 있는데, 어디선가 내 이름을 부르는 소리가 들려왔다. 고개를 들어보니 내 귀가가 늦어지는 걸 걱정하신 아빠가 밖에서 기다리고 계셨다. 아빠는 축 처진 나를 보고 산책 좀 하겠냐고 물으셨다. 아무것도 묻지 않는 아빠와 몇 분을 보냈을까? 나는 아빠에게 힘들다고 솔직하게 털어놓았다.

가만히 듣고 계시던 아빠는 내 머리를 쓰다듬으며 "우리 딸, 힘들면 전학 갈까? 아빠가 바로 이사할 수 있는 곳을 찾아볼게"라고 말씀하셨다. 하지만 내 나이에 이사와 전학이 말처럼 쉬운 일이 아니라는 걸 알고 있었다. 아빠의 두 눈에 가득한 진심 어린 걱정에 나는 아니라고, 조금만 더 버텨보겠다고 대답했다. 그날 만약 아빠가 조금이라도 추궁을 하셨다면 나는 다른 선택을 내렸을지도 모르겠다.

그렇게 시간이 흐르고, 짝을 바꾸는 날이 되었다. 나는 키 큰 남학생과 짝이 되었는데, 세 아이 중 한 명이 내 앞에 앉게 되어 짝에게 신경 쓸 겨를이 없었다.

1교시 시작 전, 저마다 새로운 짝에 대한 기대감을 안고 있는데 갑자기 내 짝이 된 남학생이 아주 큰 소리로 내 이름을 불렀다. 순간 주변이 조용해지고 아이들의 시선이 우리에게 쏠려 화들짝 놀랐다.

내 짝은 무심하지만 확신에 찬 목소리로 "얘가 너 이상하다고 친하게 지내지 말라는데, 내가 볼 땐 너 하나도 안 이상하거든? 어떻게 생각해?"라며 내 앞에 앉은 아이가 자신에게 보낸 문자를 내게 보여주었다. 나는 어쩔 줄 몰라 빨개진 얼굴을 푹 숙였고, 짝은 환하게 웃으며 "내가 재밌는 얘기 많이 해줄게. 친하게 지내자"라며 악수를 청했다.

그날이었던 것 같다. 세상에 친구가 그 셋만 있는 게 아니라는 당연한 사실을 깨달은 날이. 알고 보니 우리 반에는 정말 다정한 친구들이 많았다. 나와 친해지고 싶지만 내가 마음을 열지 않아 다가가기 힘들었다고 말하는 친구들도 있었다. 내가 점점 밝아지면서 다른 친구들과 어울리자, 그 세 명은 학급에서 나를 다시 따돌리려고 안간힘을 썼다. 따돌리려는 의도는 없었고 내가 셋 중 한 명하고만 유독 친해 보여 잠깐 질투가 났던 것뿐이라고도 했다. 하지만 나는 그들의 가식적인 친절과 말도 안 되는 변명을 받아주지 않았고, 남은 중학교 생활을 즐겁고 행복하게 보낼 수 있었다.

하버드 로스쿨에 진학하기 전까지 나는 수많은 상처를 주고받으며 성장했다. 내 주변을 둘러싼 인간관계의 범위를 늘리고 좁히기를 반복하면서 남들과 항상 적당한 거리를 유지하려고 애썼다. 어릴 때처럼 한 관계에 열정을 쏟는 걸 병적으로 두려워하게 되면서 나는 만인에게 따뜻하고 친절한 사람으로 자리매김했다.

그런데 로스쿨 1학년 겨울 학기 마지막 날, 교수님께서 말씀하셨다. 10분을 줄 테니 자신이 어떤 사람이고 어떤 꿈을 꾸는지 잘 생각해본 다음, 나에게 힘이 되어줄 수 있는 두 명의 멘토 이름을 적어보라고. 다른 학생들은 쉽게 쓰는데 나는 당황스럽게도 잘 떠오르지가 않았다. 24년을 살면서 그동안 만난 수많은 사람들 중에 이 사람은 나를 잘 안다고 자신 있게 말할 수 있는 사람이 진정 없었던 걸까. 제한시간 내에 억지로 떠올려서 쓴 두 교수님조차 나를 온전히 안다고 할 수 없는 분들이었다. 그 10분 사이에 말 그대로 '현타'가 왔다.

내가 기꺼이 멘토가 되어주고 싶은 친구들, 동생들은 많은데 왜 나의 멘토로 삼고 싶은 사람은 없다고 느낀 걸까? 지금까지 살면서 만나고 교류했던 대부분의 사람들을 진심으로 아꼈다고 자부하는데. 그들이 누구인지, 어떤 사람인지 많이 묻고 그들을 잘 알려고 노력했는데.

감사하게도 내게 좋은 일, 힘든 일이 있을 때마다 나를 찾아주는 사람들은 많다. 나는 분명 그들에 대해서 전부는 아니더라도 많이 안다고 말할 수 있으며, 사회에서 어떤 자리에 어떤 사람이 필요하다는 말을 들으면 지인들 중 누구를 추천하면 좋을지도 잘 안다고 자부한다. 그런데 어째서 나를 위해 그렇게 해줄 수 있는 사람은 쉽게 떠올리지 못했을까.

잠시 곰곰이 생각했다. 뭐가 잘못된 걸까? 내가 잘못 살았던 걸까? 고민 끝에 내린 결론은 내가 사람들에게 나 자신을 잘 보여주지 않게 되었다는 점이었다. 사람들이 나를 편하게 생각하고 마음을 열고 싶을 정도로 포장된 모습만 골라서 보여주고 있다는 생각이 들었다. 내가 어떤 생각과 고민을 하고, 어떤 꿈을 꾸고 무엇에 울고 웃는지, 지금 행복한지 슬픈지, 힘들어 죽을 것 같은지 아니면 견딜 만한지는 정말 몇 안 되는 극소수 지인들 외에는 아무에게도 보여주지 않으며 살아왔구나 싶었다.

이제는 더 이상 상처받기 싫어서 나도 모르게 방어적이 된 걸까, 커가면서 자연스레 눈치를 보게 되고 나보다는 남을 우선시하게 된 걸까. 무슨 이유에서든 지금 나는 참 외로울 수밖에 없는 사람이다. 다른 사람의 선은 애정을 장착하고 쉽게 넘나들면서 정작 내 선은 철저히 지키는, '인간적이고 싶지만 인간적이지 못한' 사람이 바로 나였다. 아니, 지금 이 순간에도 나는 그런 사람이다.

적어도 인간관계에 대해서만큼은 이제는 어린 시절의 상처를 치유하고 완전히 회복했다고 자신 있게 말할 수 없을 것 같다. 적어도 이 문제만큼은 나에게 완벽한 해피엔딩이 아니다. 여전히 나는 인간관계가 어렵고 나를 어디까지 보여줘야 하는지 얼마나 상대를 믿어도 되는지 잘 모른다.

그럼에도 불구하고 이 이야기를 하는 이유는, 인간관계 때문에 당신만큼 힘들어하는 사람이 여기 있다는 것을 알려주고 싶어서이다. 고통에만 사로잡혀 있으면 이 넓은 우주에 나는 철저히 혼자라고 느끼기 쉽다. 그럴수록 사람들과 점차 멀어지게 마련인데, 계속 자기 안으로만 파고들면 극단적인 경우 안타까운 선택을 하게 될지도 모른다. 나는 책을 좋아하지만 적어도 인간관계 때문에 너무나 힘들 때 책으로만 도망가는 건 좋은 방법이 아닌 것 같다. 책으로만 도피하면 다시 인간관계를 맺기 힘들어질 수도 있다는 게 나의 의견이다.

그래서 이 글에서만큼은 책을 추천하는 대신 내 과거를 공유하고 싶다. 나 또한 당신과 비슷한 아픔을 겪으며 살아왔지만, 이제는 많이 나아졌다는 사실을 전하고 싶다. 아무리 힘들고 절망적인 순간에도 포기하지 않으면 반드시 소중한 인연들이 나타날 것이다. 베개를 적시며 잠드는 날보다 행복한 미소를 머금은 채 잠들날이 많아질 것이라고 조심스레 응원을 건네고 싶다. 타인의 고통과 눈물에 공감할 줄 모르는 사람들이 점점 많아진다고 하지만, 적어도 나는 그렇게 되고 싶지 않다.

3장

책을 읽으며 법을 고민합니다

책을 출간하면서
보고 듣고 배우는 것들

처음부터 책을 출간할 목적으로 글을 쓴 건 아니었다. 어쩌면 대부분의 작가들이 이 말을 할지도 모르겠다. 지난 1년간 내 마음속에서 커져가던 뭔가를 어딘가에 털어놓고 싶었다. 처음에는 내 생각을 남들에게 내보이는 것이 두려워 숨기기에 급급했지만 한 편, 두 편 꾸준히 쓰다 보니 어느 순간부터 감정이 요동칠 때마다 글을 쓰는 나를 발견하게 되었다. 그렇게 1년이 지나면서 어느새 수십 편의 서평과 내 이야기를 담은 글이 모였다.

2019년 새해가 밝았을 때, 문득 로스쿨을 졸업하기 전에 조금은 색다르고 기억에 남을 만한 일을 해보고 싶다는 생각이 들었다. 그런 일이 뭐가 있을까 생각하는데 그동안 끄적거렸던 글들이 생각났다. 판매하진 않더라도 이 글들을 소장용 책으로 몇 권 만들어볼까? 내 SNS를 통해 서툰 글을 읽고 위로받았다는 사람들에게 편지를 한 장씩 넣어서 선물로 보내볼까? 이런 사소한 생각이 이 책의 출간으로 이어졌다.

주변에 책을 출간한 사람이 아무도 없어서 처음에는 조금 막막했다. 밥 먹듯이 들락거렸던 서점에서 본 그 많은 책은 어떤 과정을 거쳐서 출판되는 걸까? 처음으로 책 한 권이 어떻게 세상에 태어나는지 궁금해졌다.

혼자 틈틈이 글을 쓰면서 시간을 내어 출판사를 찾아보았는데, 세상에 이렇게 많은 출판사가 있을 줄이야. 나만 그런지는 모르겠지만 보통 책을 구입할 때 제목과 표지와 작가를 보지, 출판사는 고려한 적이 없었던 것 같다. 막상 투고를 하려고 보니 이 많은 출판사마다 규모도, 출간하는 분야도, 출판 이념과 방향도 정말 다양했다.

신중하게 고민한 끝에, 무명작가의 서평을 관심 있게 봐줄 만한 출판사 몇 곳을 골라 용기 내어 투고를 했다. 아직 완성되지도 않은 원고를 이메일로 보내면 되나 싶을 정도로 나는 출판에 대해 아는 게 없었다. 투고 후에야 대부분의 출판사가 짧게는 2주에서 길게는 한 달에 걸쳐 원고를 검토하고 결과를 알려준다는 것과, 투고 원고가 책 출간으로 이어질 확률이 극히 드물다는 사실을 알게 되었다.

대다수 투고 원고는 출판사의 출간 방향과 맞지 않다는 이유로 거절당한다고 해서 나도 큰 기대는 하지 않았다. 요즘은 독립 출판이 점점 많아지고 있고 나도 반드시 작가가 되겠다, 책을 출간해서 돈을 벌겠다 같은 목표는 없었기 때문에 일단 연락을 기다려보기로 했다. 처음부터 책을 출간하고 싶은 이유가 개인적으로 소장하고 지인들에게 선물하기 위해서였기 때문에 모두 거절당하면 독립 출판도 고려해봐야지 싶었다.

그런데 정말 감사하게도 토네이도 출판사에서 투고한 지 하루만에 답변을 보내주셨다. 무려 200장이 넘는 워드파일로 투고했는데 편집장님이 그 짧은 시간에 내 원고를 읽고 함께 일해보고 싶다고 연락을 주신 것이다. 누군가가 시간을 쪼개어 내 글을 읽어준다는 사실만으로도 감격스러운데 함께 책을 만들어보지 않겠냐고 제안해주시다니, 진심으로 감사했다.

누군가가 내 글을 읽어준다는 건 그 사람이 내 눈을 마주보고 내 이야기에 성심껏 귀 기울여준다는 것과 같은 의미라고 생각한다. "나는 지금 온전히 당신에게 집중하고 있어요. 당신이 하고 싶은 이야기가 궁금해요. 당신과 당신이 한 경험들은 정말 소중하니까요." 그래서 사람들은 계속해서 책이나 드라마, 노래로 뭔가를 표현하는 것이 아닐까.

책을 출간하기로 결심한 순간부터 《이상한 나라의 앨리스》 속

앨리스처럼 한 번도 상상해보지 못했던 세계에 뚝 떨어진 것 같았다. 공부할 것도 많았고 스스로 발전시키고 싶은 부분도 생겼다. 내가 지금까지 좁은 우물 안에서만 살고 있었나 싶을 정도로 책을 만들면서 많은 걸 배웠다. 편집장님과 일하면서 내 생각과 의사를 진실하면서도 담백하게 전하는 글쓰기를 연습할 수 있었고, 점점 위축되는 안타까운 출판시장의 현실도 들을 수 있었다.

모두가 함께 노력해서 성과를 내도 대부분의 스포트라이트는 유명인이나 대표에게 쏟아지듯, 편집자와 작가의 관계도 비슷하다는 생각을 하게 되었다. 직접 글을 쓰는 사람은 물론 작가이지만, 파일 상태의 글이 책이라는 물건으로 출간되어 독자를 만나기까지 편집자의 노력이 엄청나게 들어가는 것에 비하면, 편집자가 상대적으로 덜 주목받는다는 부분이 내심 불편했다.

그런데 편집장님은 오히려 당신이 지향하는 가치나 이상을 작가를 통해 추구할 수 있어서 행복하다고 말하셨다. 그 말을 듣고 불편했던 마음이 눈 녹듯 사르르 녹아버렸다. 자신이 추구하는 가치를 함께 좇는 작가를 발굴하고, 그의 글을 잘 다듬어 세상에 내보임으로써 행복과 성취감을 느낀다는 편집장님을 통해 나는 또 인생을 배우고 있다.

신기하게도 책 출간을 준비하는 동안 〈로맨스는 별책부록〉이라는 드라마가 방영되었다. 드라마 배경이 출판사여서인지 엄마가 나에게 좋은 자극이 될 것 같다고 추천해주셨다. 서점에 간 사람들이 사지도 않을 거면서 책을 험하게 다루고, 결국 손을 탄 책이 폐기되는 장면을 보면서 마음이 너무 아팠다. 정말 좋은 책도 일단은 독자들이 구입을 해야 계속 출간될 수 있기 때문에 출판사에서 마케팅에 신경을 쓸 수밖에 없다는 점도 알게 되었다. 책 한 권이 나오기까지 길게는 몇 년이 걸리는 경우도 있고, 작가의 변심이나 사정으로 계약이 파기되어 출간을 앞둔 책이 끝내 세상의 빛을 보지 못하는 경우도 있다는 사실 또한 알게 되었다.

아직 책이 출간되지 않은 지금, 폴더에 원고가 점점 쌓여가는 것을 보고 있으면 문득 두려워진다. 마음이 유난히 여린 탓에 몇 번의 상처를 받은 후로는 내가 사랑하고 나를 사랑하는 사람들하고만 소통하며 살았던 시간이 제법 길었다. 그런데 막상 책을 통해 세상과 소통하려니, 이유가 있든 없든 나를 미워하고 비난할 사람들도 생길 수 있다는 공포가 밀려왔다. 편집장님과 주고받는 메일과 완성된 원고가 늘어날수록 공포심도 커져, 이불을 축축하게 적시며 잠든 적도 있다.

갑자기 쏟아지는 관심이 부담스럽거나 내 글과 생각이 외면당할까 겁이 날 때마다 몇 번이고 다짐한다. 누군가를 해치고 피해를 주기 위해 선택한 것이 아니라면 이유 없는 비난에 흔들리지 말자고. 내가 받을 상처보다 내가 줄 사랑이 더 많을 것임을 믿고 나아가자고. 그리고 나는 어떤 순간에도 혼자가 아니라는 것을 잊지 말자고. 힘들고 무서울 땐 나를 사랑하고 아껴주는 사람들을 생각하자고.

며칠 전까지만 해도 세상에 없었던 책을 내 손으로 만들어 사람들에게 보여주는 그 짜릿함을, 나도 곧 느끼게 되겠지. 내 책이 나온 다음에 서점에 들르면, 지금껏 한 번도 느껴보지 못한 새로운 설렘도 느끼겠지.

이 책을 읽어줄, 얼굴도 이름도 모르는 소중한 독자들의 서평을 읽을 기회도 생길까? 어제까지만 해도 나를 모르던 누군가가 이 책을 펼쳐봄으로써 나라는 사람의 존재를 알게 되고, 나와 그분 사이에 특별한 공감대가 형성되는 과정은 또 어떤 감정을 불러일으킬까?

어떤 분이 이 글을 읽어주실지 모르겠지만 가능하다면 한 분, 한 분을 다 만나고 싶다. 내 이야기를 들어주셔서 감사하다고. 이제는 내가 당신의 이야기를 듣고 싶다고 조심스레 말을 건네고 싶다. 내가 이런 글을 쓸 수 있도록 도와주신 모든 분께 새삼 감사드리는 밤이다.

불편함을 마주할 용기
다름을 받아들일 용기

요즘 인터넷 댓글을 보면 마음이 착잡해질 때가 많다. 남녀 사이의 갈등과 혐오가 심해지면서 서로를 이해하려 하기보다 욕하고 깎아내리기 바쁜 것 같다. 걸그룹 레드벨벳의 멤버 아이린이 조남주 작가님의 《82년생 김지영》을 들고 있는 사진이 인터넷에 올라와 화제가 되기도 했는데 일부 팬들이 아이린이 페미니스트인 줄 몰랐다, 실망했다며 아이린 사진을 불태우는 장면을 촬영해 온라인에 올리기까지 했다.

아이린이 페미니스트인지 아닌지를 떠나 한 사람이 자기가 읽고 싶은 책을 읽을 자유도 없는 세상인가 싶어 당황스러웠다. 어떤 책을 읽는다고 그 책이 전하는 메시지와 신념을 독자가 그대로 받아들인다는 보장도 없을뿐더러, 대한민국에서 여성으로 살아가면서 흔히 겪는 이야기들을 담은 책을 읽는 것이 왜 그렇게 화를 불러일으키는지 지금도 이해할 수가 없다. 아마 페미니즘을 '메갈리아'와 동일시하는 사람들이 가진 오해와 편견 때문이지 않을까 짐작해본다.

대한민국에서 남자로, 또는 여자로 직접 살아보지 않으면 서로를 온전하게 이해하는 것은 불가능하다. 그래도 상대방의 소리에 귀 기울이고 상대의 입장을 이해하려는 노력을 멈춰서는 안 된다. 남성끼리, 여성끼리 따로 국가를 세워서 살 수 있는 상황도 아닌데, 함께 살아가야 할 사회에서 서로를 무조건 배척하고 비난하기보다 약간의 상상력과 공감력을 동원해서 맞춰가려고 노력해야 한다.

지금까지 여러 주제를 소재로 글을 써봤지만, 항상 조심스러워 건드리지 못한 주제가 페미니즘이었다. 할 말이 목구멍 끝까지 올라와 글을 썼다가도 이내 지우기를 반복했지만, 언제나 욕을 먹을까 두려워 공개하지 못했다. 주변에서 페미니즘을 공부하고 지지하는 남성들도 섣불리 자신의 의견을 드러냈다가 자신이 속한 집단에서 매장당할까 두려워하는 모습을 자주 봤다.

그러던 중 책발전소 위례에서 홍승은 작가님의《당신이 계속 불편하면 좋겠습니다》라는 책을 발견했다. 처음에는 이 책이 페미니즘을 다룬 책인지도 모르고 그저 제목에 이끌려 구입했다.

홍승은 작가님은 고등학교 중퇴 후 어떻게 살지 고민한 끝에 인문학 카페를 여신다. 작가가 동생과 함께 '홍자매'로 불리며 페이

스북에 솔직하고 직설적인 페미니즘 글을 올려 이미 오래전부터 유명했다는 것은 책을 읽고 난 후에 알게 되었다. 책을 읽는 내내 더 일찍 목소리를 내지 않았던 내가 아쉬웠지만, 작가님 덕분에 지금이라도 용기를 내어 글을 쓸 수 있다는 게 다행이라고 생각한다.

> 행복이 의무가 된 세상에서 불편함은 낯설고 배척해야 할 감각이 된다. 그래서 불편은 곧 불행으로 여겨진다. 공기 같은 차별과 일상 속 권력관계를 감지하는 페미니스트가 사랑받지 못한 히스테릭한 존재라고 비하되는 이유도 같은 맥락이다. 불행한 여자이기 때문에 불평이 많다는 것이다. 하지만 불편과 불행은 같은 말이 아니다. 무언가에 불편함을 느낄 수 있는 힘은 '왜'라는 인간 본연의 질문과 섬세한 감각, '자연스러운 것은 없다'라는 부지런한 지성에서 나온다. 그런 점에서 오히려 불편과 가까운 말은 정의이고, 나아가 자유다.
>
> _홍승은, 《당신이 계속 불편하면 좋겠습니다》 8p, 동녘, 2017년

작가님처럼 나도 어릴 때부터 자주 불편함을 느꼈다. 귀가 닳도록 들었던 여자다움, 남자다움은 대체 뭘까. 왜 아이는 여자가 돌봐야 하지? 왜 군대는 남자만 가는 걸까? 언제나 불편함을 동반한 질문이 내 안에 가득했지만, 사람들은 "네가 너무 예민해"라고 말할 뿐이었다. 그러다 보니 예민한 감수성이 수치로 느껴져 어떻게

든 숨기려 하기도 했다. 물론 이제는 마땅히 불편을 느껴야 하는 상황에서 전해지는 불편이 부조리를 개선할 수 있는 계기가 될 수도 있다는 점을 알기에, 나의 예민함을 부끄러워하지 않는다.

거대한 이념도, 세상을 뒤흔들 혁명이라 하기도 힘든, 여성들이 일상에서 겪는 부조리와 고통을 솔직하게 풀어낸 작가님의 글은, 사회를 바꾸진 못했어도 나라는 한 명의 독자는 확실히 흔들어놓았다. 페미니즘이 궁금하거나, 남녀간 갈등에 대해 좀 더 알아보고 싶거나, 내가 살아보지 못한 삶을 이해하고 싶거나, 내가 겪은 일들에 공감하고 싶거나, 그저 홍승은이라는 사람을 더 자세히 알아보고 싶다면 망설이지 않고 이 책을 펼쳤으면 좋겠다. 페미니즘이 곧 메갈리아라고 생각하는 사람들에게도 이 책을 꼭 소개하고 싶다.

보이지 않고 들리지 않는 존재는 불편함을 주지 않는다. 우리가 무언가에 불편할 수 있는 건, 어떤 존재가 눈에 걸리적거릴 때이다. 여성을 비롯한 소수자의 몸에서 일어나는 일은 침묵됨으로써 존재하지 않게 된다. 그래서 그동안 드러나지 않았던 존재가 스스로 목소리를 낼 때, 세상은 딸꾹질한다. 나는 내가 속한 가족, 학교, 연인 관계, 사회에서 경험하고 느꼈던 이야기를 썼을 뿐인데 어느새 페미니스트라고 불리고 있었다.

_홍승은, 《당신이 계속 불편하면 좋겠습니다》 15p, 동녘, 2017년

이 구절을 읽다가 눈물을 쏟을 뻔했다. 이유 없이 욕을 먹을까 봐 두려워 평범한 일상에서 겪는 불편한 일에 대해서조차 마음 놓고 이야기할 수 없었던 기억이 떠올라서다. 중학교 2학년 어느 점심시간에, 옆 반 남학생들이 우리 반에 놀러와 교실 앞에서 시끄럽게 떠들었던 적이 있다. 남학생들은 교탁 바로 앞자리에서 친구들과 수다를 떨고 있던 나를 보고 "야, 쟤 좀 봐. 진짜 하얗지 않냐. 여자는 저렇게 하얘야 예쁘지. 한번 만져볼까?"하며 큰 소리로 쑥덕대기 시작했다. 순간 겁에 질린 나는 무시하는 것이 답이라고 생각해 모른 척하며 친구들과 계속 이야기를 나눴다. 한 남학생이 손을 뻗어 내 얼굴을 만지려 했을 때 기겁해서 그 학생의 손을 쳐냈지만, 아직도 그날 더 당당하게 대응하지 못한 내가 정말로 안타깝다.

대학에 다니던 어느 날은, 친구들과 파티에 가기 위해 평소에는 불편해서 잘 신지 않던 힐을 꺼내 신은 적이 있다. 원래도 키가 큰데 힐 때문에 몇 센티미터가 더 커진 나를 본 남자 동기들이 "네가 힐을 신으면 우리 기분이 어떻겠냐"며 불평을 했다. 그때도 나는 이유를 모른 채 의기소침해져서 미안하다고 대답했다. 하버드 로스쿨에 합격한 뒤에는 한 지인이 여자가 너무 잘나가면 나중에 결혼하기 힘들어진다고 농담조로 주의를 준 적도 있다.

계속 침묵하던 사람이 발언을 하면 처음에는 깜짝 놀라는 경우가 많다. 그렇다고 해서 그 사람이 계속 침묵하도록 입을 막지 말

앉으면 좋겠다. 얼마나 오랜 시간 답답함을 느꼈으면 저 사람이 입을 열었을까 하고 그 용기에 귀 기울여줬으면 한다. 한국에서 내 또래 여성들이 일상적으로 겪는 차별을 비슷하게 겪었던 나도 매번 새롭게 깨닫는 차별과 고통이 있다. 조금이라도 페미니즘에 관심이 있다면 주저하지 말고 이 책을 읽어주길 바란다. 페미니즘에 관심이 전혀 없다면 더더욱 읽었으면 좋겠다.

남녀간의 이해 못지않게 채식주의 같은 개인의 라이프스타일 또한 존중받아야 할 중요한 사안이다. 봉준호 감독의 〈옥자〉를 보면서 동물 학대와 무자비한 사육 방법에 질려 한동안 소시지를 먹지 못한 적도 있지만, 나는 채식주의자는 아니다. 대신 내 주변에는 동물권 보호를 위해 노력하는 친구들이 많다. 친구들은 과거에는 노예 제도가 당연했지만 지금은 그렇지 않듯, 시간이 지나면 미래의 인류가 채식을 하지 않는 현재의 인류를 똑같이 끔찍하게 생각할 수도 있다고 말한다. 내가 채식주의자는 아니지만 그들의 신념을 이해하고 싶은 마음은 크다. 그래서 모든 채식주의자들이 편안하게 외식을 할 수 있는 환경이 빨리 만들어졌으면 좋겠다고 생각한다.

한강 작가님의 《채식주의자》를 읽으면서 한국에서 채식을 하는 사람들이 겪는 어려움들을 알 수 있었다. 책을 덮고 한참이 지난 후에도 떠오르는 질문들이 정말 많았다. 주인공은 어떤 이유로 채식을 하게 된 것일까. 그녀는 왜 육식을 두려워하게 됐을까.

책의 첫 페이지부터 마지막까지 주인공을 너무 이해하고 싶었지만 지금 생각해보면 주인공을 이해하려고 했던 마음 자체가 그녀에게 폭력일 수 있겠다는 생각도 든다. 가정폭력, 동물 학대 목격, 여성을 향한 고정관념과 차별, 육식을 강요하는 가족, 아내가 채식을 하면 남편은 고기 없이 어떻게 힘을 내서 돈을 벌겠냐면서 비난하는 사람들 틈에서 어쩌면 주인공이 육식을 피하게 된 것이 당연한 결과인지도 모르겠다.

우리나라에서는 채식을 하면 별나다는 소리를 듣는 경우가 많다. 주인공의 가족처럼 강제로 육식을 시키려 하거나 당사자의 가치관과 선택을 무시하는 사람들이 수없이 많다. 자신과 다른 신념을 가지고 다른 선택을 하는 것이 타인에게 피해를 주는 일이 아닌데, 왜 있는 그대로 받아들이지 못하는 걸까. 조금만 다르면 배척하고, 조금만 이해가 되지 않으면 비난하고, 어떻게든 공존하려 하기보다 밀어내려 하는 분위기까지, 어쩌면 우리 모두는《채식주의자》속 주인공처럼 미치지 않고는 살아갈 수 없는 세상에서 버티고 있는 것일지도 모르겠다.

예전보다는 채식주의자들이 외식을 할 수 있는 음식점들이 늘어나는 것 같지만, 여전히 전반적인 사회 분위기는 채식주의자들에게 가혹하다. 함께 채식을 하자는 것이 아니라 채식주의자든 아니든, 어떤 인종이고 어떤 종교를 가졌든, 성별과 국적이 무엇이든 저마다의 선택과 취향, 경험과 아픔이 존중받기를 원할 뿐이다. 우리 모두는 특별한 존재이고 자기만의 고유한 경험을 하며 살아간다. 다른 사람들이 나를 있는 그대로 받아주길 바란다면, 내가 먼저 타인을 편견 없는 시선으로 바라볼 수 있기를 바란다.

방탄소년단의 노래가
나에게 미친 영향

언젠가 내 안에 얼마 남아 있지 않던 활력과 생기, 희망, 의지 같은 것들이 완전히 바닥났다는 느낌을 받은 적이 있다. 사람들은 왜 아침마다 직장으로 학교로 향하는지, 왜 다들 이렇게 치열하게 사는지, 나는 왜 살아야 하는지 생각하고 고민하고 싶은 의지조차 모두 고갈된 기분이었다.

끝이 보이지 않는 상실감과 고독에 울다 지쳐 잠들기를 반복하던 어느 날, 시체처럼 누워 있다가 우연히 듣게 된 노래가 있다. 방탄소년단의 〈매직샵Magic Shop〉과 〈앤서: 러브 유어셀프〉였다.

〈매직샵〉을 들을 때 나는 언제나 울고 있었다. 간혹 바닥에 쓰러져 가슴을 부여잡고 내 안의 모든 것을 쏟아낼 듯 울음을 토해낼 때가 있다. 나약한 내가 증오스럽고 이렇게 고통스러울 바에야 죽는 게 낫다고 생각할 때가 있다. 그렇게 한없이 가라앉아 이를 악물고 겨우 핸드폰을 집어들면 언제나 이 노래를 들었다. 내가 너무 싫어질 때, 세상에서 사라지고 싶을 때 나를 위로해준 노래가 〈매직샵〉이다.

이 노래를 듣고 나면 조금은 이해받고 후련해진 기분이 든다. 어느 정도 기운을 차리고 일어서면 언제나 이 순간을 나누고 싶은 친구를 찾아, 나만큼이나 힘든 시간을 보내고 있는 친구에게 내가 얻은 용기를 전했다. 그럴 때면 내가 위로와 에너지를 전하는 통로가 되는 듯했다. 힘들어하는 누군가를 한 명이라도 더 위로할 수 있다면 내가 무엇이 되든 상관없다고 생각했다.

〈앤서: 러브 유어셀프〉를 들을 때면 내가 과거에 저지른 실수들, 잘못 내린 결정도 온전한 내 것이며 앞으로 내릴 수많은 선택도 결국 나를 완성해줄 거란 희망을 갖게 된다. 그러니 자책하며 나를 갉아먹지 말고 반성과 깨달음을 통해 성장하고 성숙해지자. 있는 그대로의 나를 아껴주고 안아주자. 정말 힘들겠지만 나 자신을 사랑하자. 나를 사랑할 줄 알아야 남을 사랑할 수 있다고 하지만 때로는 그 반대인 경우도 있지 않을까 생각해본다. 누군가를 사랑한 적 있는 사람에게는 자신을 보듬을 수 있는 밑거름도 있을 테니까. 나처럼 마음이 약한 사람들에게 자신을 사랑하자고 전하는 방탄소년단의 노래는 늘 커다란 감동을 준다. 그들의 피, 땀, 눈물 가득한 노력에 늘 감사할 따름이다.

민사고, 듀크대 조기 졸업, 하버드 로스쿨로 쉼 없이 달려오는 동안, 언제부턴가 읽고 듣고 말하는 시간, 느끼고 배우고 교류하는 기쁨, 공감하고 이해하고 치유받는 순간이 점점 줄어든다는 생각을 했다. 물론 내 삶의 여정을 돌아보면 분명 뿌듯한 면이 있다. 나는 정말 열심히 살았고 나 자신이 대견하고 기특한 순간도 많으니까.

하지만 나는 변호사가 되어 로펌에서 일하는 삶보다는 내 주변을 비롯해 더 많은 사람들을 만나는 삶, 마치 모닥불이 타닥타닥 소리를 내며 주변을 온기로 감싸듯 사람들에게 따뜻함과 평온함을 주는 삶을 꿈꾼다. 그런 시간이 내 하루의 중심이 되었으면 한다. 법률로 도움을 줄 수 있는 직업과 그로 인한 소득도 내 인생의 한 부분을 차지하겠지만, 내 말과 행동으로 누군가의 지친 마음을 위로할 수 있는 사람이 되고 싶다.

로스쿨 공부로 바쁜 와중에도 블로그를 시작한 것 역시 사람들에게 위로를 주고 싶어서였다. 블로그를 열기 전까지는 고민을 많이 했다. 사람들의 이야기를 듣는 데만 익숙했지, 내 이야기를 꺼낸다고 생각하니 두려웠다. 무엇을 말하고 싶은지 어떤 메시지를 전하고 싶은지 이걸 통해 뭘 얻고 싶은지 생각하는 동안 시간만 흐르고 답답함만 쌓였다. 그래서 단순하게 생각하기로 했다. 나는 소통하는 것, 감정을 나누는 것, 서로의 이야기를 주고받으면서 위로를 주고받는 과정을 소중하게 여기는 사람이니까 그것만 생각하기로 했다. 방탄소년단이 노래를 통해 내게 용기와 위로를 주었듯,

나는 글을 통해 사람들에게 온기와 선한 영향력을 전하고 싶다.

내가 선한 영향력을 전하고 싶다는 꿈을 갖게 만든 또 다른 요소 중에 〈효리네 민박〉도 있다. 눈이 소복하게 쌓인 민박집 풍경과 타닥타닥 소리를 내며 타들어가는 벽난로, 김이 모락모락 올라오는 노천탕, 그리고 그곳에서 손님들을 맞이하는 두 사람을 볼 때면 저절로 마음이 차분해지고 따뜻해지는 듯했다. 어찌 보면 흔한 관찰형 예능 같은데 전혀 지루하지 않고 묘하게 빠져드는 매력이 있었다.

사람들이 〈효리네 민박〉에 열광한 이유는 무엇일까? 재미있는 설정도 많지 않고 자극적이지도 않은 이 프로그램이 이렇게 많은 관심과 사랑을 받았던 이유는 아마 하루하루 먹고살기도 벅찬 시대에 간접적으로나마 긴장을 풀고 쉬어간다는 느낌을 받은 덕분이지 않을까. 이효리, 이상순 부부가 건네는 따뜻한 말과 배려에 민박집 손님들이 편안하게 쉬고 가는 모습을 보면서, 한 사람이 다른 사람과 진심을 나누고 마음을 열어가는 시간이 우리 모두에게 얼마나 큰 힘과 감동을 주는지 새삼 느끼게 된다.

그래서 나도 사람들에게 이효리와 이상순 같은 역할을 해주고 싶다. 사람들의 고민을 다 해결해주지는 못해도, 잠깐이라도 마음이 편안해지는 공간과 시간을 마련해주고 싶다. 나와 대화 한 번 나눠본 적 없는 사람이라도, 서로에 대해 아무것도 모르더라도, 상대방이 나와 굳이 인연을 맺고 싶지 않다 해도, 내가 더 다가갈 수 있으면 좋겠다.

정말이지 모두가 행복하고 아프지 않았으면 좋겠다. 상처받지 않았으면 좋겠다. 우는 일보다 웃는 일이 더 많으면 좋겠다. 서로 싸우고 비난하고 깎아내리지 말고, 다독여주고 안아주고 이해해 줬으면 좋겠다. 스스로를 사랑할 수 있었으면 좋겠다. 가끔은 내가 세상에 너무 많은 걸 바라는 것 같아 마음이 아프지만, 이게 내 진심이다.

수많은 예능 프로그램이 있지만 내게 〈효리네 민박〉은 참 사랑스러운 프로그램이다. 이 프로그램을 기획한 윤현준 CP님은 재능을 살려 돈을 버는 수준을 넘어서서 직업인으로서 사회에 좋은 메시지를 전하는 것 같아 존경스럽다. 윤현준 CP님을 보며 훗날 나도 법조인이 되든 작가가 되든 강연자가 되든, 눈앞에 놓인 이익을 넘어서 오늘의 내가 있기까지 세상과 사람들에게 받은 힘을 몇 배로 돌려줄 수 있는 사람이 되고 싶다고 다짐한다.

내가 이런 꿈을 꾸기까지 내 인생에서 너무나 소중한 책도 빠질 수 없다. 우울감에 한껏 빠져 있을 때 나를 수면 위로 끌어올려준 이도우 작가님의 《날씨가 좋으면 찾아가겠어요》와 《사서함 110호의 우편물》, 고독과 외로움의 차이를 알게 해준 박준 작가님의 《운다고 달라지는 일은 아무것도 없겠지만》, 내가 처음으로 서평을 통해 사람들에게 위로를 전해야겠다고 다짐하게 해준 당인리책발전소 북토크도 언급하지 않을 수 없다. 화려하게만 보이는 아나운서 생활을 접고 마음의 소리를 따라 책발전소를 연 김소영 대표님 덕분에, 나처럼 책을 사랑하는 많은 독자들이 좋은 책을 만나고 인생의 의미를 찾아간다고 생각한다.

지금 내 삶은 위태롭고 감당하기 힘들 정도로 정신이 없다. 내 의지와 상관없이 흘러가는 부분도 많고, 일과 공부와 사람에 치여 상처받는 경우도 부지기수다. 그럼에도 불구하고, 하루 한 시간이라도 치열한 현실에서 벗어나 누군가의 마음을 달래주고 싶다. 자신의 재능을 자신만을 위해서 쓰고 싶지 않다. 세상을 조금이라도 밝고 따뜻한 곳으로 만들려고 노력하는 많은 분들의 창작물을 통해 내가 힘을 얻었듯, 나도 세상에 선한 영향을 미치는 사람이 되고 싶다.

내가 고심해서 쓰는 한 문장이, 정성껏 소개한 책 한 권이, 얼굴을 마주하고 건네는 한마디가 누군가의 인생에 잠깐이라도 빛이 되어준다면, 나는 앞으로도 나누고 베풀기를 멈추지 않을 것이다.

아이에게는 발언권이 없는
'아이의 최대 행복'

집 안으로 들어서기도 전에 이곳은 사람이 살만한 공간이 아니라는 걸 느낄 수 있었다. 부러진 자물쇠는 문고리에 대롱대롱 걸려 있고 벽에는 커다란 쥐가 드나들 것 같은 구멍이 여러 개 뚫려 있었다. 문을 여는 순간 코끝까지 훅 들어온 악취 때문에 머리가 깨질 것 같다. 난처해하는 엄마가 미간을 찌푸리는 것을 보니, 그녀 역시 문제의 심각성을 알고 있었을 것이다.

분명 타일 바닥이 흰색이라고 들었는데 흰색은 어디에도 없다. 회색으로 변한 바닥은 아이들이 씹다 뱉은 껌과 고양이 똥으로 온통 끈적거린다. 더 확인할 필요가 있나 싶으면서도 어디로 발을 내디뎌야 할지 몰라 난처해진다. 냉장고 속 피자 상자에는 유통기한이 한참 지나 곰팡이로 푸르스름해진 피자 몇 조각이 굴러다닌다. 아이들은 배가 고프다고 칭얼거리고 엄마는 제발 조용히 하라고 소리를 지른다. 사회복지사는 더 고민하지 않고 바로 아동과 가정

관청Department of Children and Families, 이하 DCF에 연락해 엄마의 양육권을 일시 중지하겠다고 통보한다.

미국 아동 관청Children's Bureau에서 2018년 발표한 통계에 의하면 아동보호 서비스child protective service를 받는 아이의 수는 2013년 318만 4,000명에서 2017년 350만 1,000명으로 10퍼센트가량 증가했다.● 아동학대와 방치로 인한 피해자는 2013년 65만 6,000명에서 2017년 67만 4,000명으로 2.7퍼센트 증가했고 임신 중 알코올을 복용하는 여성의 수는 2015년 10.6퍼센트에서 2017년 12.1퍼센트로 증가했다.◆

이는 비단 미국만의 문제가 아니다. 캐나다, 프랑스, 영국, 중국, 독일 등 세계 각국에서 벌어지는 아동방임이나 아동학대는 점점 심각해지고 있다. 프랑스에서는 2017년 1~2월에만 아동 아홉 명이 부모의 방치 또는 학대로 사망했다. 그중 생후 21개월밖에 되지 않은 켄조는 부모의 학대로, 아직 유치원도 가지 못했을 다섯 살 야니스는 이불에 오줌을 쌌다는 이유로 가혹한 체벌을 당하다 끝내 숨졌다.▲

● Child Maltreatment 2017 (2018), United States Children's Bureau, available at https://www.acf.hhs.gov/sites/default/files/cb/cm2017.pdf

◆ Id.

▲ https://www.sisain.co.kr/?mod=news&act=articleView&idxno=31126

우리나라도 예외일 수 없다. 보건복지부가 2017년 국정감사 때 제출한 자료에 따르면 2016년 발생한 아동학대 발생 건수만 1만 8,573번으로 전년 대비 59퍼센트 증가했다.■ 미취학 아동의 경우 어린이집, 유치원 등 보육시설을 이용하지 않는 이상 학대나 방치로 인한 사망이나 실종 여부를 쉽게 파악할 수 없기 때문에 문제가 악화되기도 한다.

무엇보다 우리나라는 '아동 방치가 학대 못지않게 아이의 정서적, 정신적, 신체적 건강에 큰 손상을 준다'는 사실에 대한 대중의 인식이 다른 나라들에 비해 부족한 실정이다. 미국에서는 주마다 다르지만 대체로 8~12세 미만의 아이를 잠깐이라도 집에 혼자 두면 아동을 방치한 죄로 처벌을 받을 수 있다. 내가 미국에서 살던 어린 시절에도, 부모님이 모두 잠깐이라도 외출을 하실 때 동생과 나를 데리고 나가셨던 기억이 있다.

전 세계적으로 심각해지는 아동학대와 방치 사례들을 접하면서 아동들의 건강에 조금이나마 실질적인 도움을 주고 싶어 하버드 로스쿨에서 주최하는 아동 옹호 클리닉Child Advocacy Clinic에 참여한 적이 있다. 나는 매주 월요일과 화요일에 DCF에서 인턴으로 실습을 하게 되었다. DCF는 아동이 학대나 방치를 당하는 가정에 개입

■ https://brunch.co.kr/@victoriarussia/45

해 일시적으로든 영구적으로든 부모의 양육권을 박탈한다.

나는 관청으로 출근해 사회복지사들이 기록한 사건 파일을 정리하고 관청 변호사들이 부모의 양육권을 박탈하는 재판을 참관하게 되었다. 때로는 변호사들의 지도 하에 새로운 사건을 직접 재판에 회부하기도 하고, 관청으로 신고가 접수된 여러 가족을 직접 만나기도 했다.

하버드 로스쿨의 바토렛 교수님은 1999년 《노바디스 칠드런 Nobody's Children》이라는 책을 출간해 아동을 제대로 보살필 수 없는 가족에 한해서는 정부가 적극 개입해 부모 대신 아동을 보호해야 한다고 주장하셨다. 이는 DCF의 목표와 일맥상통한다. 물론 이 주장에 반대하는 구겐하임 교수님 같은 분도 많다. 이들은 가족은 정부가 개입할 수 없는 신성한 존재이기 때문에 아이들이 고통을 받더라도 가족과 함께 살면서 해결할 방법을 찾아줘야 하며 정부의 개입은 최소화해야 한다고 주장한다.

개인적으로는 두 교수님의 주장을 모두 충분히 이해하지만, 어느 쪽도 확신을 가지고 지지할 수는 없을 것 같다. 바토렛 교수님의 주장을 바탕으로 학대를 당하는 아동을 구하는 관청에서 인턴 실습을 하고 있지만, 사실 일을 하는 내내 불편한 마음이 사라지지 않았다. 참관한 재판에서 양육권을 영구 박탈당한 엄마가 오열하는 모습을 보니 마음이 미어질 것 같았다. 한없이 무너지는 엄마

앞에서도 꿋꿋하게 판결을 내리는 판사와, 절규하는 그녀를 한 번도 돌아보지 않는 우리 측 변호사가 참 많이 미웠다. 하지만 인턴 과정을 밟으면서 언제나 양측의 이야기를 편견 없이 들어야 한다는 평범한 진리를 뼈저리게 실감했다.

양육권을 박탈당하는 대다수 부모는 오랜 기간 자녀에게 가정폭력을 가하거나 마약에 노출시키는 경우가 잦다. 아이들에게 옷도, 음식도, 이불도 주지 않고 전기세를 내지 않아 불도 켜지 못하는 캄캄하고 추운 집에 아이들을 방치해둔 채 몇 시간씩 외출을 하기도 한다. 그러다가 사회복지사가 신고를 받고 출동하면 한 번만 더 기회를 달라고 울며불며 매달린다.

그런 일이 몇 차례 반복되고도 부모가 달라지지 않으면 사회복지사는 DCF에 아동의 입양을 요청한다. 요청서에는 가정 관찰지를 첨부해 사유를 밝힌다. 부모 입장에서는 이 시스템이 충분히 원망스럽고 어이없을 수 있다. 항상 약에 취해 있는 것도 아니고, 평소에는 여느 부모와 다를 바 없이 아이를 사랑하고 챙겨주려고 노력하는데 그런 노력이 무시당한다고 생각하면 당연히 억울할 것이다.

실제로 DCF에서 만나는 몇몇 엄마들은 치우면 어지럽히고 야단을 치면 소리를 지르며 물건을 부수는 아이들을 키운다는 게 얼마나 짜증나고 힘든 일인지 아느냐고 항변한다. 자신도 약을 끊고 싶고 아이들과 평범하게 살고 싶지만 마음대로 되지 않는다고 울면서 하소연한다. 그럴 때마다 가슴이 갑갑하지만 변호사들과 사회복지사들은 "아이의 최대 행복Child's best interest"을 위한 결정을 내리려고 한다. 여러 위험한 상황에 노출된 채 자라는 아이들은 발달장애를 겪을 수도 있고 여러 신체적, 정신적 문제에 시달릴 수 있기 때문에 아이들이 건강하게 자랄 수 있는 환경이 갖춰지지 않는 이상 가정으로부터 아이를 분리시켜야 한다는 취지다. 이런 사례를 자주 목격하다 보니 어느 양부모가 국선 변호사들의 연락조차 받지 않는 친부모의 양육권 박탈 선고를 바라보며 감동의 눈물을 흘리는 모습을 봤을 때는 정말 뿌듯하고 다행이라는 생각도 들었다.

물론 부모가 약물 치료와 정신과 진료를 꾸준히 받아 상태가 호전되고 가정교육법, 집안관리법 등을 잘 이수해 나아지는 모습을 보여주면 양육권을 되찾을 수 있다. DCF는 문제 부모들의 친권을 무조건 박탈하고 아이들을 분리시키는 냉정한 집단이라기보다 말 그대로 아이들의 안전을 최우선으로 여기는 기관이라고 봐야 할 것이다.

그래도 씁쓸한 점이 있다. 아이의 최대 행복은 누가 결정하는 걸까? 분명 '아이'의 최대 행복인데, 결정은 왜 항상 어른들이 내리는 걸까? 물론 아이들은 판단력이 부족하니 합리적인 선택을 내리지 못한다. 하지만 한 달에 고작 한두 번 친부모를 만나고 다시 양부모에게 돌아가면서 우는 모습, 아이들이 친부모의 다리에 매달려 두 발을 동동 구르며 가지 말라고 우는 모습은 볼 때마다 견디기가 힘들다. 아이들을 앉혀놓고 지금은 너희 부모님이 너희를 안전하게 보살필 수 없다고 아무리 타일러도 대부분은 부모님과 함께 지내고 싶다고 대답한다. 후회라는 단어의 뜻도 제대로 모르는 아이들이 후회해도 괜찮다며 부모를 애타게 그리워한다.

하버드 로스쿨에서 만난 동기들 중에는 어릴 때 이 아이들과 비슷한 사정으로 다른 가정에 입양되었거나 잠시 보육원에서 지내다가 친부모와 다시 살게 된 친구들이 있다. 이들 중에는 중요한 결정을 하는 자리에 단지 어리다는 이유로 자신을 배제했던 어른들에게 답답함과 분노를 느꼈다는 이들도 있고, 아무것도 몰랐던 자신에게 너무 큰 짐을 지게 한 어른들을 무책임하다고 원망하는 이들도 있다. 지금 내 앞에서 울고 있는 이 아이가 커서 어떤 선택을 더 원망하게 될지 나는 알 수 없다. 그래서 나와 내가 속한 단체는 우리가 할 수 있는 최선의 결정을 내려야 한다.

아이는 부모와 가족을 선택할 수 없다. 태어나보니 이 사람들이 나의 부모이고, 이 사람들이 나를 돌봐줘야 살아남을 수 있다. 그러니 부모에게 전적으로 의지하게 된다. 아이의 최대 행복이라는 말로 포장하면서 재판 과정에는 거의 배제되는 아이를 바라볼 때마다 나는 혼란스럽다. 가족의 신성함과 아이의 안전 사이에서 어느 쪽을 선택해야 할지 매번 갈팡질팡한다. 나는 과연 무엇을 위해 싸우는 건지 고민도 된다.

얼마 전 아동 옹호 클리닉 세미나 시간에 베스티 포다이스라는 분이 초청 연사로 강연을 하셨다. 이분은 록키 마운틴 칠드런스 로 센터Rocky Mountain Children's Law Center의 청소년 역량 증진Youth Empowerment 프로그램 책임자이다. 청소년 역량 증진 프로그램은 일시적이든 영구적이든 입양된 경험이 있는 청소년들이 어른들의 지도 없이 스스로 토의해 미국 입양 절차의 문제점을 해결할 방안을 구상하는 프로그램이다. 캠페인, 국회 앞 연설 등을 통해 아이들의 목소리로 법을 바꿀 수 있게 자리를 마련해주는 것이 이 프로그램의 취지다.

이 프로그램을 처음 도입할 때는 양부모나 아이들을 보호해주는 정부기관이나 NGO 등을 통해 참가자를 모아야 했지만, 슬슬 입소문을 타면서 이제는 아이들이 SNS를 활용해 스스로의 힘으로 영향력을 키워나간다고 한다. 이 프로그램이 시작된 지 몇 년 되지 않았지만, 수많은 아이들이 힘을 모아 법 개정에 조금씩 참여하며 자존감을 높인다.

나는 그녀가 기획한 이 프로그램에서 희망을 보았다. 아직은 청소년들의 판단력과 영향력을 믿지 않는 사회 분위기가 지배적이지만 나는 아이들을 위한 법을 제정하고 정책을 만들려면 아이들의 목소리를 절대 배제할 수 없다고 생각한다. 상처를 받으며 자란 아이들이 이런 프로그램을 통해 위축되지 않고, 자신이 성장할 수 있고 세상을 바꿀 수 있는 긍정적인 존재라는 인식을 가졌으면 좋겠다. 또 사회의 일원으로서 실제로 현실을 변화시키는 데 동참했으면 좋겠다. 나는 많은 것을 보고 배우고 느껴야 하는 예비 법조인이지만, 앞으로 걷게 될 기나긴 여정 동안 누구의 목소리에 귀 기울여야 하는지 잊지 않기 위해 노력할 것이다.

나는 평생 법을
두려워하고 싶다

어느 날, 로스쿨 강의실에 앉아 동기들이 열정적으로 토론을 하는 모습을 멍하니 바라보는데 갑자기 무서워졌다. 교수님은 평소 학생들에게 자주 의견을 물어보시고 현재 법 조항이나 판결문에 대해 찬반 투표를 해보자고 하신다. 저명한 교수, 법조인, 정치인, 학자 들이 모여 법 조항을 개정할 때면 우리 의견이 궁금하다며 어떤 방향으로 수정할지 의견을 들으시기도 한다. 그럴 때마다 새삼 내가 뭐라고 이런 중요한 일에 표를 던지고 있을까 싶어진다.

미국에서는 성폭행 사건을 재판할 때 피해자의 범행 당시 심리 상태를 말이나 행동Words or overt acts, 자발성willingness, 그리고 욕구desire라는 세 가지로 나누어 접근한다.

첫 번째 분류에서는 피해자가 말이나 행동으로 싫다는 의사표현을 확실하게 하지 않으면 피해자의 심리가 어떻든 성폭행이라고 볼 수 없다. 이 경우, 가해자들이 강압적인 분위기를 조성해 피해자가 거절 의사를 못하게 만들었어도 무죄로 풀려날 가능성이 높다.

두 번째, 피해자가 심리적으로는 원하지 않았어도 자발적으로 성관계를 맺었다면 성폭행이 인정되지 않는다. 이 경우에도 피해자가 죽거나 다칠까 봐 극심한 공포를 느껴 자발적으로 성관계를 맺었다 해도 가해자를 처벌할 수는 없다.

마지막 기준인 피해자의 욕구는 피해 당사자만 아는 지극히 주관적인 심리 상태이므로, 이 방법에만 집중하면 거짓 증언을 할 가능성이 높아 자칫 억울한 피의자가 생길 수 있다. 그래서 개인적으로는 두 번째 분류를 기반으로 판단하는 것이 세 분류 중에서는 그나마 나은 기준이라고 생각한다.

인간이 완벽하다면 누구나 진실만 증언하겠지만, 아니, 재판이란 제도 자체가 있을 이유가 없겠지만 안타깝게도 우리는 완벽한 존재가 아니다. 분명히 폭행해놓고 아니라고 우기는 가해자도 있고, 합의 하에 성관계를 맺고도 거짓말을 해서 억울한 사람이 교도소에 가는 경우도 있을 것이다. 이런 현실에서 법조인이 할 수 있는 최선의 선택이란 억울한 사람을 최대한 줄이고 조금이라도 진실을 규명하려고 노력하는 것이다.

법을 공부하면서 법조인들과 정치인들이 단어 하나를 법 조항에 넣을 것인가 말 것인가를 두고 상대를 설득하기 위해 몇 달씩 관련 단체들을 동원해가며 엄청난 시간과 자원을 쏟아붓는다는 걸 알게 됐다. 법 조항에 들어가는 단어 하나 때문에 수많은 판결의 방향이 달라질 수도 있고, 누가 혜택을 보고 누가 피해를 입는지 바뀔 수도 있기 때문이다.

어느 수업 시간에 고문torture을 설명하는 문장에 들어갈 단어를 놓고 토론한 적이 있다. 세상에 존재하는 모든 고문 방법을 일일이 기록하거나 새로운 고문 방법이 만들어질 때마다 법을 개정할 수도 없으니 가장 많은 고문을 금지할 수 있도록 최소한의 단어를 적절하게 선택해야 했다. 이런 토론을 할 때마다 실제로 법을 통과시키는 사람들은 얼마나 어깨가 무거울까 걱정이 되면서도, 한편으로는 정말 국민들을 생각하는 순수한 마음을 가지고 일하는 사람들은 과연 얼마나 될까 회의감이 들기도 한다.

이렇게 많은 고충을 옆에서 보고 듣다 보니 나는 법이 참 낯설고 두렵다. 일부 법조인은 형량을 받을 사람들이 교도소에서 보내는 시간과 비교할 수도 없을 만큼 적은 시간만 고민해 판결을 내리기도 하고, 어차피 저 사람의 일이니 나와는 별 상관없다는 마음으로 법을 만들기도 한다. 그들의 결정 하나로 수많은 사람들이 수감자가 될 수도 있고 출소 후 예전과 같은 삶을 살기 어려울 수도 있다는 사실을 떠올릴 때마다 소름이 돋는다. 더 두려운 것은 나도 언젠가는 지금의 두려움을 까맣게 잊어버리고 법의 힘을 휘두르며 살아갈지도 모른다는 점이다.

내가 법을 공부하기로 결심한 이유 중 하나는, 내가 소중하게 여기는 가치를 지켜내기 위해서는 내 목소리에 힘이 필요하고, 내 목소리에 힘이 실리려면 법을 알아야 한다는 생각 때문이었다. 그래서 로스쿨에 입학했는데, 오히려 핵심으로부터 멀어진다는 기분이 들었다. 다른 사람들이 궁금하고 더 잘 이해하고 싶어서 법을 공부하는데, 정작 이곳에서 나는 자꾸만 묘한 이질감을 느낀다.

모든 수업과 활동이 똑같진 않지만 많은 수업 시간에 학생들은 각자의 방식으로 세상의 이론과 법칙을 해석하고 열심히 토론을 한다. 인류를 위해서든 환경을 위해서든 다들 자신이 믿는 가치를 지키기 위해 목소리를 내는데, 나는 왜 그 속에서 점점 움츠러들고 자신이 없어지는지 혼란스럽다. 남들은 부러워할지도 모를 환경에서 똑똑한 사람들과 매일같이 토론하는 게 어쩌면 문제의 본질에서 멀어지는 과정일지도 모른다는 생각이 든다. 법의 영향을 가장 직접적으로 받는 사람들의 처지와 상관없이 소위 '배운 사람'들의 지식과 이해관계를 바탕으로 법이 만들어지는 게 아닐까 싶기도 하다.

이런 아이러니를 느끼면서도 나는 지금 이 순간, 이 토론이 세상에서 가장 중요하다는 듯 다급하게 손을 드는 동기들을 바라본다.

때론 법을 배우는 게 아니라 세상이 어떻게 흘러가는지 배운다는 기분도 든다. 돈과 권력이 모이는 곳은 피해자들과 가장 먼 곳이라는 현실을 이제야 깨닫는 건지도 모르겠다.

나는 죽을 때까지 법의 힘을 두려워하고 싶다. 법을 내 성공의 도구, 무기로 삼기보다 법의 영향력이 사회 곳곳의 어두운 현실을 개선할 수 있게 돕고 싶다. 법이 어두운 골목의 낡은 전봇대 아래까지 환하게 비출 수 있다면, 세상이 얼마나 더 안전하고 따뜻해질 수 있을까? 내가 지금 가지고 있는 이 두려운 마음을 오래오래 잊지 않았으면 좋겠다.

버닝썬, 그리고
고故 장자연 님 뉴스를 보면서

올해 상반기 내내 한국에는 고故 장자연 님 사건과 클럽 버닝썬 관련 뉴스가 도배를 이루었다. 처음 이 사건을 알았을 때는 나도 대부분의 사람들처럼 분노와 절망에 빠져 있었다. 국민의 지지를 받고 당선된 정치인, 대중이 믿고 소비한 덕분에 성공한 기업인, 정의를 위해 일하겠다고 맹세한 법조인과 경찰, 팬들의 사랑을 듬뿍 받고 젊은 나이에 성공한 연예인이 사회와 국민에게 베풀지는 못할망정 법을 어기고 증거를 감추고 타인을 짓밟고 차별과 혐오를 일삼다니. 그러고도 정당한 죗값을 받지 않는 이런 사람들이 사회를 좌지우지하는 나라라니.

하지만 인간적으로는 그들이 불쌍했다. 일상에서 건강한 행복을 누리기가 얼마나 힘들었으면 마약에 의존하고 타인을 해치게 되었을까. 세상에는 사랑하는 사람들과 식사를 하거나, 좋아하는 감독의 신작 영화를 보거나, 열심히 모은 돈으로 여행을 떠나거나, 춤을 추고 노래를 부르거나, 나처럼 책을 읽으면서 스트레스를 풀고 삶의 만족도를 높이는 사람들이 정말 많은데, 모든 걸 다 가진 그들은 무엇이 부족해서 마약과 성범죄 같은 행위에 빠지게 되었을까. 그들이 저지른 일은 절대 용서받지 못한다고 믿어 의심치 않지만, 평범한 행복을 누릴 줄 몰랐던 그들이 불쌍한 것도 사실이다.

이런 뻔뻔하고 파렴치한 사람들이 선망받는 자리에 오르는 건지, 아니면 자리가 사람을 타락시키는 건지 궁금하다. 내가 아는 사람들 중에도 학창 시절 여러 문제를 일으켜 타인에게 피해를 주고도 별다른 처벌을 받지 않고 지금까지 승승장구하는 이들이 제법 있다. 그 사람들의 잇따른 성공 소식을 들으면 이런 사람들이 사회의 요직을 차지하기 때문에 지금처럼 불미스러운 사건이 계속 터지는 거라고 한탄한다. 어린 시절부터 사과를 해본 경험이 없어서 남에게 피해를 주면서 살아도 반성할 이유를 못 찾는 걸까? 이들은 애초에 남녀차별, 인종차별, 극심한 빈부격차, 권력 세습이 왜 문제가 되는지 이해하지 못한다. 물론 이미지 관리를 위해 자기 생각을 절대 있는 그대로 발언하지는 않겠지만.

그래도 참 다행인 것은 세상에는 선의를 가지고 사회를 바꾸고자 하는 사람들이 더 많다는 점이다. 물론 한정된 자원에 비해 고쳐야 할 문제가 훨씬 많아 이해관계가 얽힌 이들끼리 불가피하게 싸우는 상황은 안타깝지만.

어느 교수님이 해주신 말씀을 듣고 많은 위로를 받은 적이 있다. 모두가 자신이 원하는 것을 얻기 위해 달려들지만 거시적으로 보면 이 모든 과정이 하나의 거대한 흐름을 형성해가는 과정이자, 결국은 공통된 목표를 이루어가는 과정일 수도 있다는 말씀이었다. 내가 지지하는 어떤 문제를 해결하기 위해 정해진 예산을 모두 쏟을 수 없다 해도, 다른 문제 해결을 위해서도 자원이 골고루 투자되고 이런 노력들이 쌓이면 시간이 흐르는 동안 많은 약자들의 인권이 전반적으로 향상될 수 있지 않을까.

너무나 파편화된 사회에서, 어쩌면 방식은 달라도 우리 모두 하나의 그림을 그리고 있는지도 모른다고 생각하면 그래도 희망이 생긴다. 내가 듣는 수업들, 내가 토론에 참여하며 떠올리는 작은 아이디어와 의견도 모이고 모여 언젠가 거대한 정의를 실현하는 데 조금이나마 기여할 수 있기를 바란다.

많은 사람들이 법은 바뀌지 않는, 가진 자들만 누리는 도구라고 생각한다. 어떤 사람들은 그래도 법을 마지막 남은 정의의 사도라고 생각한다. 악법도 법이라는 사람들이 있지만 법을 어겨도 걸리지만 않으면 상관없다는 사람들도 있다.

개인적으로 내가 로스쿨에서 만난 법은 강력한 바위와 정의의 수호자라기보다 연약한 어린아이에 더 가까웠다. 혼자서는 아무것도 하지 못하고 판결을 내리는 사람의 가치관에 따라 영향력이 커지고 작아지며 정의를 실현하기도, 감추기도 하는 게 법이라고 생각한다. 법을 바라보는 시선은 저마다 다를 수 있지만, 분명한 것은 법도 결국 인간이 필요해서 만들어낸 것이라는 점이다.

법은 절대 완벽할 수 없다. 법은 스스로 정의를 실현할 수 없다. 법의 힘이 얼마나 강력한지, 법이 사회 구성원 한 사람 한 사람에게 얼마나 절대적인 영향을 미치는지 진심으로 두려워할 줄 아는 사람들이 약자의 목소리에 더욱 귀 기울여야 하는 이유이다. 그래서 법조인이 되고자 하는 사람들은 법을 어떻게 다루어 세상의 기반을 다질지, 세상에 어떤 질서를 부여할지 더 치열하게 고민해야한다. 당연히 나도 더 고민하고 성찰할 것이다.

어쩌다 로스쿨
어쩌다 변호사

사실 나는 처음부터 미국 로스쿨에 진학할 계획을 세우진 않았다. 민사고에 다닐 때는 경제학 원론과 국제경제 수업이 흥미로워서 자연스레 대학에서는 경제, 경영 쪽을 공부해야겠다 생각했다. 입시 때도 경영학으로 유명한 학교 위주로 지원을 했지만, 결국 마지막에는 내가 나중에라도 다른 분야에 관심이 생길 가능성을 고려해 여러 분야를 두루두루 잘 배울 수 있을 것 같은 듀크대를 선택했다. 솔직히 말하면 당시 1지망이었던 유펜대학교 와튼스쿨에 떨어져 울고불고 난리를 치다가 듀크대를 간 거라 학교 자체에 큰 애정은 없었다. 오히려 편입을 할까 고민했는데, 지금 생각해보니 그때 만약 경영대를 다녔다면 내가 로스쿨에 갈 일은 지극히 드물지 않았을까 싶다.

듀크대 입학 후 1학년 때는 경제학, 경영학 위주로 수강했는데 생각보다 재미가 없었다. 민사고 때 이 분야가 재미있었던 이유는 사람에 대해 배우는 학문이라고 느꼈기 때문인데 공부를 하면 할수록 내가 원하는 공부는 행동경제학이라는 것을 깨달았다. 결국 1학년 2학기 때 고민 끝에 경제학은 부전공으로 하고 어릴 때부터 유달리 나를 자극한 심리학을 전공으로 택했다. 듀크대에서는 심리학을 전공할 때 두 가지 세부 분야를 중심으로 수업을 듣게 된다. 물론 다양한 분야를 들어도 되지만, 두세 가지 특정 수업을 일정 학점 이상 들어야 전공을 할 수 있었다. 나는 예전부터 범죄자와 아이에 대한 호기심이 많았기에 이상심리학abnormal psychology과 발달심리학developmental psychology을 세부 분야로 선택했다.

나는 유독 인간의 악하고 폭력적인 모습에 관심이 생긴다. 어떤 사람들은 왜 사회가 범죄라고 규정하는 행동을 하고 누군가에게 고통과 피해를 주는 걸까? 이들은 어떤 유년기를 보냈기에 남들에 비해 공감 능력이 부족한 걸까? 내가 범죄자가 되어 그들의 심리를 직접 이해할 가능성은 적은 것 같으니 범죄자들을 공부해봐야겠다고 생각했다. 당시는 범죄와 악에 대한 관심이 폭발하던 때라 교과서 외의 책도 따로 구입해 읽곤 했다. 한때 표창원 의원님의 《프로파일러 표창원의 사건 추적》과 《한국의 연쇄 살인: 희대의 살인마에 대한 범죄 수사와 심리 분석》, 《범죄심리학 개론》을 통해 세상에 몇 안 되는 프로파일러가 되기를 꿈꾸기도 했다.

하지만 프로파일러가 되는 길은 현실적으로 막막했다. 프로파일

링의 정확도가 높은 편이 아니라 사회에서도 크게 신뢰하지 않는 다는 걸 알고 꿈을 접었다. 아동임상심리학Child Clinical Psychology 수업을 들을 때는 임상심리학에 푹 빠져서 졸업 후 나는 심리치료사가 되겠다고 마음속으로 정해두기도 했다. 하지만 내가 사회적으로 더 많은 존중을 받으며 살기를 바라신 부모님의 반대 때문에 잠깐의 반항 끝에 이 꿈도 접게 되었다.

그러다 정신을 차려보니 2학년이 되었는데 아직도 꿈이 없는 상태였다. 마땅히 뭘 해야 할지도 모르겠고, 그저 한국으로 빨리 돌아가고 싶었다. 그때 아빠가 로스쿨을 제안하셨다. 어릴 때부터 지켜본 딸이 확실히 이과 계통은 아닌 것 같으니 의대는 무리일 것 같고, 심리치료사가 되어 누군가를 절실하게 돕고 싶어하는 걸 보면 변호사가 되는 게 어떨까 싶으셨던 것 같다. 그때 나는 살짝 자포자기하던 심정이었기에 '그래, 일단 시험이나 쳐보자'라는 생각으로 로스쿨 입학 시험인 엘셋LSAT을 준비했다.

성격이 성격인지라, 이왕이면 한 번에 완벽하게 시험을 끝내고 싶어서 1년 동안 학교 수업과 엘셋 준비를 병행했다. 참고로 기출문제 한 회 분량을 푸는 데 세 시간 정도 걸리는데 나는 80회를 두 번 풀었다. 나는 일단 목표를 세우면 그 목표가 얼마나 간절한지와 별개로 미친 듯이 최선을 다하는 타입이라, 다행히도 6월 시험에서 곧바로 만족스러운 점수를 받았다.

3학년 1학기 9월, 로스쿨 지원 시기가 되자마자 미리 써둔 에세이와 지원서를 제출했다. 그 후로는 12월 중순까지 피 말리는 기다림이 이어졌다. 결과 발표일이 정해진 것도 아니고 전화로 결과를 알려준다는 소문까지 있어서 이 기간 동안 핸드폰은 떼려야 뗄 수 없는 사이가 되었다. 극심한 스트레스와 긴장으로 매일같이 악몽에 시달렸다. 요즘은 대학 졸업 후 현장 경험이 있는 사람을 우대한다고 하버드 로스쿨 웹사이트에 기재되어 있던 터라, 1년 조기 졸업을 앞두고 곧바로 지원했던 나는 더욱 위축될 수밖에 없었다.

사람이 단기간에 이렇게까지 피폐해질 수도 있구나를 몸소 체험하다가 겨울방학이 되어 한국에 돌아온 어느 날 아침, 하버드 로스쿨에서 이메일이 와 있었다. 전화를 했는데 받지 않아서 이메일을 남긴다며, 이 링크를 접속하면 지원 결과를 확인할 수 있다고 쓰여 있었다. 새벽 여섯 시쯤 두 손을 덜덜 떨며 확인해보니 1라운드 합격이었다. 폴짝폴짝 뛰면서 부모님을 깨우고 셋이서 몇 번이나 합격 통지서를 읽으며 얼싸안았다. 그간의 마음고생이 후폭풍처럼 몰려와 나도 모르게 엉엉 울어버렸다.

그런데, 나는 이렇게 커다란 기쁨과 성취감을 느끼고도 하버드 로스쿨에 입학할 생각을 하지 않았다. 민사고에 합격했을 때와 마찬가지로 나는 하버드 로스쿨에 합격했다는 사실에 의의를 두고 한국 로스쿨에 다시 지원할 생각이었다. 어차피 한국에서 일하고 싶으니 당연히 한국 변호사 자격증이 있어야 더 다양하고 중요한 사건을 맡을 수 있을 거라 생각했다. 하지만 주변에서 미쳤냐는 반응이 압도적이라 나는 온전히 행복하지는 못한 기분으로 하버드 로스쿨에 입학했다.

하버드 로스쿨을 1년 다니면서 가장 절실하게 했던 생각은 '내가 여태까지 했던 공부는 공부가 아니었구나' 하는 점이었다. 살면서 한 번도 공부를 부족하게 했다고 생각해본 적이 없는데, 매일같이 쏟아지는 리딩 분량에 처음에는 많이도 허우적거렸다. 다행히 어느 정도 스케줄을 짜고 계획적으로 리딩을 하니 매 수업마다 리딩은 꼬박꼬박 할 수 있게 되었다.

하지만 이걸로 끝이 아니었다. 수업 시간마다 교수님이 무작위로 학생을 골라 질문하시는 콜드콜을 당할까 봐 정신을 똑바로 차리고 있어야 했다. 내 차례가 되면 이 수많은 똑똑한 사람들 앞에서 바보 같은 실수를 하면 어쩌나 싶어 초조했다. 입학 전 학교에서 선물해준 석지영 교수님의《내가 보고 싶었던 세계》를 읽고 너무 감명을 받아서 직접 이메일로 감사 인사를 드린 적이 있는데, 신기하게도 1학년 1학기에 석지영 교수님의 형사법criminal law 수업을 듣게 되었다. 반갑고 떨리는 마음으로 첫 수업을 갔는데, 단번에 왜 그분이 콜드콜로 악명이 높으신지 이해할 수 있었다. 한 수업 시간에 80명의 학생 중 절반이 콜드콜을 당했고 잠깐이라도 딴생각을 하면 교수님의 기습 질문에 멘탈이 와르르 무너지기 일쑤였다. 그럼에도 석지영 교수님은 내가 가장 존경하는 교수님 중 한 분이 되었고, 그분의 특별한 수업 덕분에 형사법을 재미있게 배울 수 있었다.

하버드 로스쿨에서 공부하는 동안 나는 시야를 더욱 넓혀 나갈 수 있었고 여태 보지 못하고 살았던 세상의 단면들을 볼 수 있었다. 사람을 향한 애정도 더 깊어졌다. 내 우려와 달리 로스쿨 공부는 취향에 잘 맞았고 이제야 사람에 대해 진정한 공부를 하고 있다고 느꼈다.

한국의 대륙법체계civil law system와 달리 미국은 영미법체계common law system를 따르기 때문에 이곳에서는 판례 중심으로 수업이 진행된다. 수업 전까지 판례와 이론들을 읽어 가면 수업 시간에는 판례들을 중심으로 교수님과 학생들 사이에 활발한 토론이 진행된다. 교수님은 우리에게 끊임없이 이 판사가 이런 판결을 내린 원인이 무엇일까? 너였다면 어떤 결정을 내렸을 것 같니? 내 생각에 반대하는 사람은 의견을 나눠달라, 나 또한 너희들을 통해 더 배우게 된다 같은 말씀을 하신다.

지금까지 살면서 경험했던 수업과는 확연히 다른 수업 방식이 처음에는 신기하고 생소했지만, 어느새 나도 모르게 녹아드는 것이 느껴졌다. 상대방의 의견에 반대하더라도 서로의 다름을 존중하고 공과 사를 구분하기에, 토론을 하면서 감정이 상하는 일은 적은 편이다. 물론 반마다, 사람마다 다르겠지만.

내가 이곳에 오지 않았다면 평생 상상조차 못했을 경험도 많이
했다. 모든 로스쿨에 해당하는지는 모르겠지만, 우리 학교에서는
기말고사 하나로 많은 과목의 성적이 결정된다. 세 시간짜리 인클
래스in class 기말고사도 있고, 여덟 시간짜리 테이크홈take home 시
험도 있다. 인클래스 시험은 일반적인 시험을 조금 길게 치른다고
생각하면 되지만, 여덟 시간짜리 시험은 처음이라 적지 않게 부담
스러웠다. 교수님들은 늘 세 시간이면 풀 수 있게 출제했다고 말씀
하시지만, 실제로는 누가 세 시간 만에 끝낼까 싶을 정도로 엄청난
사고력이 필요한 시험이다. 여덟 시간 내에 제출할 최종 답안지가
20~30장일 때도 있고 글자 수가 더 엄격하게 제한돼 있으면 무슨
내용을 써야 할지 훨씬 더 신중하게 고민해야 한다.

심지어 시험 문제가 49장이었던 적도 있는데, 분명 교수님이 시
험 전에 "50장은 안 넘겼어"라고 인자하게 웃으며 말씀하시던 게
떠올라 욕도 할 수 없었다. 그렇게 여덟 시간 동안 시험을 치르고
나면 언제나 양 팔목에는 파스가 붙어 있었고, 피골이 상접한 채
로 바로 기절해서 잤다. 참고로 하버드 로스쿨 시험은 인터넷 연결
만 되면 세계 어디서든 칠 수 있는데, 나는 한국에서 치르는 경향
이 있다. 주로 한국에서 밤 아홉 시부터 새벽 다섯 시까지 치다 보
니 동기 언니, 오빠들이 사서 고생한다고 여기기도 했다.

로스쿨에서 경험한 일 중 기억에 남는 또 하나의 에피소드가 있다. 1학년이 끝나던 여름에 그 다음해 여름 일자리를 구하기 위해 학교에서 EIP Early Interview Program을 진행한 일이다. 학교에서 호텔을 빌려 일주일간 여러 로펌 대표들과 1차 인터뷰를 진행하는데, 학생들이 각자 룸 앞에서 기다리다가 자기 차례가 되면 노크를 하고, 안에서 다른 학생을 인터뷰하는 변호사에게 시간이 되었음을 알린다. 각 층마다 학생들이 일제히 서서 노크를 하던 모습과 소리는 평생 잊지 못할 기이한 경험이다.

하버드 로스쿨에서는 직접 현장을 경험할 수 있는 기회가 많기 때문에 3년 안에 학생들이 빠르게 성장할 수 있다. 학기 중 인턴십 clinical program을 통해 학점을 받는 방법이 세부 분야마다 다양하게 마련되어 있는 것도 커다란 장점이다.

이 학교에서 나는 참 많이 울고 아파하고 보이지 않는 경쟁에 스트레스도 받았지만, 학년이 올라갈수록 스스로를 돌아보게 되고 지적으로나 정서적으로도 성숙해지고 있다. 이런 좋은 환경에서 나와는 다르지만 정말 멋있고 화려하게 살아온 동기들과 교수님들을 통해 많은 것을 보고 듣고 느낄 수 있어 지금은 넘치도록 감사하고 행복하다. 앞으로 이곳에서 보내게 될 남은 시간 동안 내가 어떤 새로운 경험을 하고 어떤 사람을 만나게 될지 부푼 마음으로 기대하게 된다.

우리는 듀크대라는 버블에
갇혀 있었던 거야

믿을 수 없었다. 눈앞에 보이는 결과를 아무리 뚫어져라 바라봐도 결과는 달라지지 않았다. 이럴 수는 없다고 중얼거리는데, 기숙사 방문 밖에서 찢어질 듯한 절규가 들려왔다. '아, 꿈이 아니구나. 이게 현실이구나.' 나도 모르게 탄식을 내뱉으며 눈을 질끈 감아버렸다.

2016년 미국 대통령 선거에서 당시 공화당의 도널드 트럼프 후보가 당선되자, 듀크대는 온통 혼란에 빠졌다. 모두가 민주당 힐러리 클린턴 후보가 당선될 것이라고 굳게 믿었다. 클린턴 후보도 모두를 만족시킬 만한 대통령감은 아니었지만, 여성 비하 발언과 인종차별을 공개적으로 하는 사람이 미국의 대통령으로 당선될 것이라고는 그 누구도 예상하지 못했다. 분명히 선거 기간 내내 발표된 수많은 여론조사 결과는 힐러리의 당선을 예상했다. 하지만 모두의 기대는 빗나갔다. 힐러리가 득표 수로는 트럼프를 앞섰지만 선거인단 확보에 실패해, 우리는 당당하게 환호하는 트럼프 대통령을 망연자실하게 바라볼 수밖에 없었다.

당선 결과가 발표된 날, 셀 수 없을 정도로 많은 듀크대 학생들이 눈물을 흘리고 분통을 터뜨리느라 잠을 자지 못했다. 지금도 똑똑히 기억한다. 다음 날 어떤 교수님들은 휴강을 하셨고, 어떤 교수님들은 수업 진도를 나가지 않고 억울함을 호소하는 학생들을 다독여주셨다. 나는 8시 45분에 시작하는 소수 정예 세미나 강의실에 앉아 멍하니 허공을 바라보고 있었다. 그 누구도 쉽게 입을 떼지 못했다. 기나긴 침묵 끝에 교수님은 우리를 한 명, 한 명 바라보시며 이렇게 말씀하셨다.

"우리는 듀크 버블에 갇혀 있었던 거야."

다른 학교들도 버블이라는 단어를 쓰는지 모르겠지만, 듀크대에서는 학생, 교수, 직원들 할 것 없이 '듀크 버블'이라는 말을 자주 썼다. 우리는 듀크대라는 거대한 거품 안에 있으니 세상이 안전하고 편하다고 느낀다, 졸업을 앞두고 듀크 버블 밖으로 나가기가 두렵다고 할 때 쓰는 비유였다. 듀크대 농구팀이 워낙 유명해서 경기 시즌만 되면 다른 학교에서는 상상도 못할 정도로 뜨거운 열기로 응원하며 축제를 즐겼는데, 이 또한 듀크 버블 안에 있기 때문에 가능한 것이라고 여겼다. 우리처럼 한겨울에 몇 주씩 체육관 앞에 텐트를 치고 먹고자며 농구 경기 티켓을 얻으려고 경쟁하는 학생들이, 우리 말고 또 있을까.

2016년 미국 대선 결과가 발표되기 전까지 듀크 버블이란 우리를 안전하고 즐겁고 뿌듯하고 자부심 넘치게 만들어주는 거품이었다. 하지만 이날 교수님이 말씀하신 듀크 버블은 어리석음과 자만, 부주의함과 순진함을 지적하는 말이 되어버렸다. 우리는 배운 사람들이라면 당연히 기본적인 인권 개념이 부족한 트럼프보다 힐러리에게 표를 던져야 한다고 믿었다. 그래서 한창 유세 활동이 진행될 때도 당연하다는 듯 힐러리가 미국의 차기 대통령으로서 가져올 변화에 대해 토론했다.

우리는 듀크대 학생들끼리 모여 대화할 시간에 미국 정세를 더 파악하려고 노력했어야 했다. 지난 8년간 미국 시민들이 무엇을 두려워하게 되었으며 어떤 스트레스를 받고 압박을 느꼈는지 물었어야 했다. 모든 미국 시민들이 당연히 우리처럼 인권과 정의를 우선시할 것이라고 참 어리석게 믿었다. 세금, 일자리, 최저 임금, 이 외에도 경쟁과 혐오 등 개인의 삶에 중요한 영향을 미치는 요인들이 이토록 많은데 말이다. 어쩌면 학생들 중 상당수가 트럼프를 지지했을지도 모를 일이다. 그저 조금 배웠다는 사람들끼리 모여 있으니 자신의 솔직한 의견을 말하지 못했을 수도 있다. 이유가 뭐든, 누가 어느 후보에게 투표를 했든, 결론은 미국이 트럼프를 대통령으로 당선시켰다는 점이었다. 이 변하지 않는 사실을 직시하면서, 나는 내 주변의 듀크 버블이 조금씩 꺼져가고 있다는 것을 느꼈다.

돌이켜보면 내가 마주한 버블 중에 듀크 버블만 있는 건 아니었다. 듀크대는 모든 신입생이 입학하면 담당 카운슬러와 상담을 하게 되어 있다. 나는 긴장하면서도 잔뜩 기대에 부푼 마음으로 카운슬러의 방으로 들어갔다. '나에게 뭘 질문할까?', '듀크대에서 살아남기 위한, 또는 행복한 학교 생활을 하기 위한 조언을 해주시려나?', '어떤 수업을 추천해주실까?' 등등, 참 많은 것이 궁금했다.

그러나 몇 분이 채 지나지 않아 모든 기대와 설렘이 와르르 무너져버렸다. 카운슬러가 들뜬 나에게 던진 첫 질문은 "한국에서 공부하기 정말 힘들었을 텐데, 그곳에서의 삶은 괜찮았니?"였다. 카운슬러의 의도를 파악하지 못해 그의 입술에 시선을 고정한 채 고개를 갸우뚱거렸다. 내가 어리둥절해하며 대답을 망설이자 카운슬러가 의자를 내 쪽으로 끌어당기고 속삭이듯 되물었다. "북한과 전쟁이 날까 봐 두려움에 떠느라 일상 생활이 불가능하진 않니?" 그 순간 누군가 망치로 내 머리를 내리친 것마냥 멍해졌다. '지금 무슨 말이지? 농담하는 거겠지?' 힐끗 그의 표정을 살폈지만, 그는 내 희망에 두 번이나 찬물을 붓듯 진지한 표정을 하고 있었다.

카운슬러는 분명 그때 '미국인 버블'에 갇혀 있었다고 생각한다.

직접 한국에 가본 적 없이 뉴스에서 보도하는 기사만 보니, 대한민국 사람들은 매 순간 전쟁의 두려움으로 벌벌 떨며 정상적인 생활을 못할 거라고 별다른 생각 없이 믿었던 것이다. 전쟁보다 취업난과 내 집 마련으로 더 고통받는 한국 사람들이 들었다면 폭소를 터뜨릴 정도로 황당한 이야기이지만, 잘 생각해보면 우리는 저마다의 버블에 갇혀 세상을 왜곡된 시선으로 바라보고 있을지도 모른다.

법원과 국회도 예외는 아니다. 수업을 듣다 보면 종종 정치인들과 대법원 판사들의 임기 제한을 두고 갑론을박이 벌어진다. 현재 연방 헌법에 따르면 미국 연방대법관과 대법원장 임기는 종신직이다. 하지만 많은 사람들이 나라의 지도자들이 나태해지지 않고 국민의 의견에 귀 기울이며 정책을 만들고 판결을 내리기 위해서는 반드시 임기를 제한해야 한다고 주장한다. 반면, 몇 년 안에 퇴임해야 한다면 자신이 현실적으로 개선할 수 있는 법률이 얼마 없다고 여겨 국민의 바람을 실현하고 싶은 의지가 꺾일 거라고 주장하는 사람들도 있다. 국회의원과 법관이 너무 자주 바뀌면 전문성이 떨어져 나라의 중요한 결정을 내릴 때 타격이 생길 수 있다고 불안해하는 사람도 있다. 판사나 정치인이 종신직이 되면 그들만의 버블에 갇혀 시시각각 변하는 국민 정서에 무지해질 수 있다며, 임기 제한을 열렬하게 옹호하는 교수님들도 있다.

많은 사람들의 삶에 영향을 주는 중대한 결정을 내려본 적 없는 나도 조금만 긴장을 풀면 쉽게 이런저런 버블에 갇혀 현실을 파악하기 힘들어진다. 하물며 해고나 탄핵을 당할 위험 없이 매일 같은 분야의 동료들을 만나 서로의 가치관에 확신만 심어주는 환경에서 일하면 얼마나 그들만의 세상에 갇히기 쉬워질까 내심 걱정이 된다. 한국에서도 수많은 정치인과 법조인들이 개인의 성공이나 돈에 눈이 멀어 비리를 저지른다. 정치와 법 자체가 문제가 아니라 이걸로 부정적인 영향력을 행사하려는 사람들이 잘못이지만, 결과적으로는 국민들이 정치와 법을 불신하게 되는 것 같아 안타깝다.

자신의 위치에서 무뎌지지 않고 여러 사람의 의견을 꾸준히 들으며 현명한 판례와 정책을 만드는 것은 의지의 영역일 수 있으나, 아무리 의지가 강한 사람도 버블에 자주 갇히면 초심을 잃을 수 있다고 생각한다. 임기 제한을 두든 국민 평가 시스템을 도입하든, 주기적으로 교육을 하든, 자기만의 버블이 만들어지기 전부터 모두가 주의할 수 있으면 좋겠다.

나는 과거의 나를 안전하게 감싸주던 거품이 꺼지는 경험을 여러 번 했다. 나를 안전하게 지켜주던 보호막이 사라지면서 살이 에는 듯한 칼바람을 정통으로 맞을 때도 있었지만, 확실히 세상이 더 뚜렷하게 보인다는 걸 알 수 있었다. 때로는 내가 버블에 갇혀서 보지 못했던 삶의 진실을 발견했고, 말도 안 되는 결과라며 충격받

왔던 많은 결과가 사실은 나의 부주의와 편견이었다는 점을 깨달을 때도 많았다.

2016년 미국 대통령 선거 결과를 보고 망연자실했던 그날 이후로, 나는 반전에 놀라지 않는 사람이 되기 위해 열심히 노력하고 있다. 내가 속해 있는 환경의 한계 때문에 주의 깊게 바라보지 못한 세상 곳곳의 현실을 똑바로 인식하고, 한 번도 경험하지 못한 일과 느껴보지 못한 감정에 조금이나마 다가서기 위해 꾸준히 책을 읽고 사람들과 대화를 나눈다. 살다 보면 자연스레 자기만의 버블이 생길 수밖에 없겠지만, 그 속에서 안주하지 않고 최선을 다해 거품을 터뜨리는 건 각자의 몫이라고 생각한다. 나는 앞으로도 오래도록, 2016년 그날 밤 기숙사 방문 밖에서 들려오던 비통한 울음소리를 잊지 못할 것이다.

폭력의 정의
폭력의 범위

듀크대 재학 시절, 한강 작가님이 학교에 강연을 하러 오신 적이 있다. 당시 출간하신 책들을 소개하고 《소년이 온다》를 낭독하는 시간이 있었는데, 학교 측에서 작가님의 말을 영어로 통역해줄 사람을 모집했었다. 이 시기에 나는 아무리 책을 읽어도 답을 찾을 수 없을 정도로 마음이 피폐했기 때문에, 이거라도 한번 지원해볼까 생각했다. 하지만 당시에는 한강 작가님과 이분의 작품들을 잘 몰랐기 때문에 내가 지원하는 것은 작가님과 낭독회 참석자들에게 예의가 아니라고 생각해 마음을 바꾸었다.

낭독회 당일, 나는 구석에 자리를 잡고 앉았다. 사실 이날 작가님이 소개해주신 책 내용은 기억이 나지 않는다. 그러나 작가님이 《소년이 온다》의 몇 구절을 낭독하셨던 순간은 지금도 선명하게 내 마음에 새겨져 있다. 차분하고 담담하게 당신이 써내려갔던 이야기를 읽어주시는데, 눈을 감고 듣기를 잘했다고 생각했다. 감은 눈 사이로 나도 모르게 눈물이 고였다. 읽어본 적 없는 책이었고 한 번도 뵌 적 없는 작가님이었다. 1980년 5월의 광주는 그동안 여러 매체를 통해 이미 여러 번 접했고 너무 잘 안다고 생각했다. 그런데 작가님의 낭독을 듣는 동안 이 생각이 와르르 무너져내렸다. 나와 《소년이 온다》는 그렇게 만났다.

나는 책과 만나는 데도 시기가 있다고 생각한다. 온라인 서점에서든 도서관에서든, 수많은 책들 사이에서 하필 그 순간 눈에 들어오는 책이 있다. 이유를 설명할 수 없는 본능적인 끌림이라고 해야 할지. 나는 지난 몇 년간 수백 권의 책을 마음에 담았지만, 이 많은 인연 중에 《소년이 온다》는 없었다.

그러던 어느 우중충한 오후, 하버드 연경Yenching 도서관에 처음 들른 날이었다. 대출할 책을 고르다가 《소년이 온다》와 눈이 마주쳤다. 순간 숨이 탁 막혔다. 뭔가에 홀린듯 책을 꺼내 품에 꼭 안았다. 드디어 때가 왔구나. 안녕, 반가워.

집에 도착하자마자 서둘러 읽고 싶은 마음을 누르고 우선 해야 할 일들을 했다. 그래야 온전히 책에 나를 맡길 수 있을 것 같았다. 결과적으로 나는 이 책을 단숨에 읽어버렸다. 때로 숨을 쉬기 위해, 눈물을 참기 위해, 욕을 하기 위해 책을 내려놔야 했지만, 멈출 수 없었다. 끝까지 읽어내야 할 것 같은 의무감도 들었다. 그렇게라도 해서 내가 지금 멀쩡히 살아 있다는 사실을 사죄해야만 할 것 같았다.

평소에는 책을 읽으면 바로 서평을 쓰고 잔다. 그래야 책을 다 읽었다는 느낌이 들고, 무엇보다 내 감상이 넘쳐흐를 때 글로 담 아두고 싶었다. 그런데 이 책은 달랐다. 잠들기 전까지 침대에 누 워서 혼자 곱씹어야 했다. 지금 느끼는 분노, 슬픔, 안타까움, 혼란, 그리고 회의감을 일단 스스로 이해해야 글로 정리할 수 있을 것 같았다. 그날 나는 잠드는 데만 두 시간이 넘게 걸렸다. 자면서도 악몽에 시달렸고 일어나서도 마음이 갑갑했다.

나를 죽인 사람과 누나를 죽인 사람은 지금 어디 있을까. 아직 죽지 않았다 해도 그들에게도 혼이 있을 테니, 생각하고 생각하 면 닿을 수 있을 것 같았어. 내 몸을 버리고 싶었어. 죽은 그 몸 뚱이로부터 얇고 팽팽한 거미줄같이 뻗어 나와 끌어당기는 힘을 잘라내고 싶었어. 그들을 향해 날아가고 싶었어. 묻고 싶었어. 왜 나를 죽였지. 왜 누나를 죽였지, 어떻게 죽였지.(52p)

...

이제는 내가 선생에게 묻고 싶습니다. 그러니까 인간은, 근본적 으로 잔인한 존재인 것입니까? 우리들은 단지 보편적인 경험을 한 것뿐입니까? 우리는 존엄하다는 착각 속에 살고 있을 뿐, 언 제든 아무것도 아닌 것, 벌레, 짐승, 고름과 진물의 덩어리로 변 할 수 있는 겁니까? 굴욕당하고 훼손되고 살해되는 것, 그것이 역사 속에서 증명된 인간의 본질입니까? 나는 싸우고 있습니다.

날마다 혼자서 싸웁니다. 살아남았다는, 아직도 살아 있다는 치
욕과 싸웁니다. 내가 인간이라는 사실과 싸웁니다. 오직 죽음만
이 그 사실로부터 앞당겨 벗어날 유일한 길이란 생각과 싸웁니
다. 선생은, 나와 같은 인간인 선생은 어떤 대답을 나에게 해줄
수 있습니까?(134~135p)

...

오래전 동호와 은숙이 조그만 소리로 나누던 대화를 당신은 기
억한다. 왜 태극기로 시신을 감싸느냐고, 애국가는 왜 부른 거
냐고 동호는 물었다. 지금이라면 당신은 어떻게 대답할까. 태극
기로, 고작 그걸로 감싸보려던 거야. 우린 도륙된 고깃덩어리들
이 아니어야 하니까, 필사적으로 묵념을 하고 애국가를 부른 거
야.(173p)

_한강, 《소년이 온다》, 창비, 2014년

이 글을 쓰는 지금 이 순간에도, 내가 그저 고깃덩어리에 불과한
존재인지 고민한다. 사람의 탈을 쓰고 어쩌면 이렇게 잔인할 수 있
을까 싶으면서도 인간의 본성이 과연 이런 건지 의심한다. 인간에
대한 온갖 회의감이 나를 짓누르고 아프게 한다. 왜 그랬을까? 왜
죽였을까? 왜 고문했을까? 인간은 집단 뒤에 숨으면, 익명성이 보
장되면 잔혹해질 수밖에 없는 존재인가? 얼굴 없는 폭력을 휘두르
는 이들은 대체 어떤 사람들일까? 지금쯤 후회하고 있을까? 아니

면 변명하고 있을까? 그것도 아니면 모른 척 외면하고 있을까?

알고 싶으면서도 알고 싶지 않다. 악마의 진심을 보게 될까 두렵다. 그래도 한강 작가님 덕에 이렇게나마 1980년 5월의 광주를, 내가 안다고 생각했던 그 당시를, 인간의 본성을, 악의 잔인함을 다시금 생각해볼 수 있어서 감사하다.

인간의 폭력성을 가장 적나라하게 보여주는 건 전쟁이 아닐까 싶다. 기원전부터 지금 이 순간까지, 인류는 전쟁으로부터 한순간도 자유로운 적이 없었다. 전쟁이 가져온 이루 말할 수 없는 피해와 참혹함을 역사가 수없이 증명해도, 전쟁은 지금도 계속되고 있다. 전쟁을 직접 겪지 않은 사람들도 여러 콘텐츠를 통해 언제든지 전쟁을 간접적으로 겪을 수 있다. 영화만 해도 〈라이언 일병 구하기〉, 〈태극기 휘날리며〉, 〈덩케르크〉, 〈포화 속으로〉, 〈글래디에이터〉를 비롯해 수많은 작품이 있다. 기나긴 전쟁의 역사만큼이나 전쟁을 다룬 책도 장르 불문하고 엄청나게 출간되었다.

그런데 한 가지 안타까운 것은, 전쟁을 다룬 수많은 책의 대다수가 남성의 관점에서 쓰였다는 점이다. 굳이 남성과 여성을 구별하는 데 거부감이 있긴 하지만, 남성이 전쟁을 회상하는 법과 여성이 회상하는 법은 분명 다른 것 같다. 모든 여성이 그렇다는 뜻도 아니고 모든 남성이 그렇지 않다는 뜻도 아니지만, 스베틀라나 알렉시예비치의 《전쟁은 여자의 얼굴을 하지 않았다》에 등장하는 여성 병사들은 우리가 흔히 접하는 전쟁 책에서 보기 힘든 전쟁의

이면을 소개한다.

여성 병사들의 인터뷰에서는 어쩌면 병사에게 가장 중요할 법한 승리, 애국심, 군대와는 거리가 멀어 보이는, 한 인간으로서 전쟁터에서 느끼는 감정이 묘사된다. 저자는 박물관과 서류에 기록돼 있는 숫자와 통계에서 벗어나, 이름과 얼굴을 가진 한 사람이 전쟁을 겪으면서 보고, 듣고, 느끼고, 생각했던 점들을 기록한다. 그리고 이들의 이야기를 모아 하나의 공통된 목소리로 우리에게 메시지를 던진다.

평범한 사람들이 전쟁에 참여하면 피에 굶주린 짐승으로 변해버리는 이유, 포탄이 터지고 시체 썩는 냄새가 코를 마비시키는 전쟁터에서 과연 휴머니즘을 간직할 수 있을지, 전쟁이 끝나고 일상으로 돌아가라고 명령을 받은 군인들이 어떤 혼란과 트라우마를 겪는지에 대한 조망은, 다른 전쟁 책들이 중요하게 여기지 않는 인간 자체에 관한 기록이다.

나는 하찮은 이야기 따위는 필요 없소. 우리의 위대한 승리에 대해 쓰시오, 라는 추신이 덧붙여진 편지를 여러 번 받았다. 하지만 나에겐 바로 이 하찮은 것들이 중요하다. 이 하찮은 것들이야말로 삶의 온기이자 빛이므로. 긴 머리 대신 뭉툭하게 잘려나간 짧은 앞머리, 뜨거운 죽 냄비와 국그릇들이 돌아오지 않는 주인들을 기다리고 전투에 나갔다 무사히 돌아오는 사람은 백 명 중

에 일곱 명 정도였다는 이야기. 혹은 전쟁터에 다녀온 후로는 줄
줄이 걸린 붉은 살점의 고기를 볼 수가 없어서 시장에도 못 다니
고, 심지어 붉은색이라면 사라사 천도 쳐다볼 수가 없었다는 사
연들.

_스베틀라나 알렉시예비치,

《전쟁은 여자의 얼굴을 하지 않았다》 32p, 문학동네, 2015년

물론 전쟁처럼 크고 잔인한 폭력만 인간의 악함을 보여주진 않는
다. 우리가 경계해야 할 폭력은 일상에도 비일비재하다. 여전히 많
은 사람들이 물리적 강제와 손상만 폭력이고, 위협이나 학대 같은
정신적 손상은 폭력이라고 인식하지 못하는 경우가 많지만 말이다.

최근 시선 강간이라는 말을 한 번쯤은 들어본 적이 있을 것이다.
원치 않는 타인의 시선을 집요하게 받는 것을 지칭하는데, 많은 사
람들은 "쳐다보기만 하는 것도 문제냐"며 반박한다. 하지만 여자
라서, 남자라서, 장애인이라고, 비만이라고, 성소수자라고, 인종이
다르다고, 키가 너무 크거나 작다고 타인의 신체를 자세히, 오래도
록 뚫어져라 쳐다보는 행위는 분명 상대방에게 수치심과 불쾌감
을 느끼게 한다. 타인에게 불쾌감을 줄 의도가 아니라도 상대방에
게는 폭력으로 다가갈 수 있다는 점을 모두 인지하고, 의식적으로
조심해야 한다고 생각한다.

데이트 폭력이라는 말도 비교적 최근에 등장했지만, 그렇다고

과거에 데이트 폭력이 없었던 것이 아니다. 분명 과거에는 아무리 끔찍한 데이트 폭력을 저질러도 아무도 그 행동을 폭력이라고 여기지 않아 처벌받지 않은 사람들이 많을 것이다.

요즘은 하루가 멀다 하고 데이트 폭력 사례가 보도된다. 여자 친구의 헤어지자는 말에 화가 나 살인을 했다는 남성, 콘돔을 쓴다고 거짓말을 하고 파트너를 임신시키는 남성, 온갖 폭언을 쏟아내면서 너무 사랑해서 그런 것이니 이해하라고 강요하는 여성, 나를 사랑한다면서 왜 명품을 사주지 않느냐고 따지는 여성, 성관계 영상을 몰래 찍고 공개하겠다고 협박하는 등, 수없이 접해도 매번 충격을 받는 사건이 끊이질 않는다. 하지만 신체든 감정이든, 물질적으로든 성적으로든, 상대에게 고통을 주고 연인 사이니까 문제될 게 없다고 말하는 일도 절대 있을 수 없다.

폭력이 공기처럼 일상화된 사회를 변화시키기 위해서는 폭력이란 무엇인지 끊임없이 고민하고, 꾸준한 대화와 교류를 통해 폭력에 대한 사회적 정의를 넓혀가야 한다고 생각한다. 우리는 어릴 때부터 남을 때리거나 욕을 하는 건 나쁜 행동이니 최대한 멀리하고 조심해야 한다고 교육받는다. 하지만 아이들에게 시선 강간, 데이트 폭력, 인종차별, 성차별, 도둑 촬영, 사회적 약자 과보호 같은 행동 또한 일종의 폭력이라는 사실은 잘 알려주지 않는다. 이 모든 행동이 현대 사회의 또 다른 폭력일 수 있음을 인지하고, 더 섬세하게 타인을 살피려는 노력을 해야 한다.

혐오는 취향도,
의견도 아닙니다

아동 옹호 수업 첫 세미나 시간이었다. 소수 정예 학생이 교수님을 중심으로 옹기종기 모여 앉았다. 교수님은 우리가 인사를 나누기도 전에 이름표와 사인펜을 나눠주시며 각자 이름표에 her, him 등 자신의 성별을 적어달라고 하셨다. 처음에는 이해를 하지 못하다가 다른 학생들이 어떻게 쓰는지 보고서야 이게 '자신이 선택한' 성별을 적는 것임을 이해하고 her, she, hers라고 적었다.

돌아가면서 자기소개를 할 시간이 되자 대부분의 학생들이 자신의 이름, 학년, 취미, 그리고 왜 이 세미나를 선택했는지 설명했다. 그러다가 한 학생이 익숙하다는 듯 "저는 her, she, hers라고 불러주시면 됩니다"라고 자기소개를 했다. 언뜻 봐도 여성일 것 같은 그 학생 덕분에 누군가가 꿀밤을 때리는 듯했다. 나와 비슷한 사람이 많다고 나의 존재와 선택을 당연하게 여기지 않는 현명한 사람들과 건강한 토론을 주고받으며 공부할 수 있어서, 그 시간이 정말로 감사했다.

나는 LGBTQ(레즈비언, 게이, 양성애, 트랜스젠더, 퀴어의 약어)를 특별하게 여기지 않는다. 사실 이렇게 구분 지어 설명하는 것도 불편하다. 이들이 어떤 삶을 살든 한 인간으로서 자신의 정체성을 찾아가며 원하는 쪽을 선택할 뿐인데, 온갖 조롱과 비난을 쏟아내며 혐오하는 사람들을 보면 큰 거부감이 든다.

동성애를 좋아할 자유가 있다면 동성애를 싫어할 자유도 있다고 주장하는 사람들이 있지만, 나는 이 둘 사이에 큰 간극이 존재한다고 생각한다. 태어난 성이 아닌 다른 성을 선택하거나 같은 성을 가진 사람을 좋아하는 일은 그 누구에게도 직접적인 피해를 주지 않는다. 하지만 누군가의 정체성과 인격을 짓밟고 무시하는 행위는 그 사람에게 정신적, 정서적, 신체적 위협을 가하고 더 나아가 그 사람이 사회 구성원으로서 당연히 누려야 할 권리를 누리지 못하게 만든다. 이것은 차원이 다른 문제다. 동성애자인 여성이 나에게 고백을 하더라도 그 사람이 스토커처럼 나에게 피해를 주지 않는다면, 내가 이성애자임을 정중하게 설명한 뒤 마음을 거절하면 그만이다. 동성애자가 이성애자를 좋아한다고 굳이 기분 나빠할 이유가 무엇인지 이해가 되지 않는다.

나는 무교에 가까워서 종교를 이유로 든다면 논쟁이 힘들어지겠지만, 적어도 이웃에게 친절과 자비를 베풀고 평화를 사랑하라고 가르치는 정상적인 종교라면, 단지 동성을 좋아한다는 이유만으로 타인을 비난하고 혐오하는 것이 당연하다거나 정당화해도 된다고 가르치진 않을 것이라고 믿는다. 그저 한 사람이 다른 사람을 순수하게 좋아할 뿐인데, 그 감정에까지 원칙을 적용해 좋아해도 되느냐, 안 되느냐를 구분짓는 건 폭력이다.

하버드 로스쿨에서는 수업 도중 손을 들고 교수님의 질문에 자유롭게 답변하는 경우가 많다. 남학생, 여학생 할 것 없이 자신의 동성 연인에 대해서도 자유롭게 이야기하는 경우가 흔하다. 이곳에서는 교수님도 학생들도 그들을 특별하다고 생각하지 않고, 그들의 성 정체성에도 별다른 관심이 없다. 그들이 어떤 논리로 자기주장을 펼치는지 주목할 뿐이다. 유명한 교수님들 중에도 동성애자가 다수 있으며, 학교도 이를 문제 삼지 않는다. 이러한 '다름'을 당연하게 여기고 오히려 자신의 좁은 견해를 조심스러워하는 환경에서 지내는 동안 나 또한 자연스럽게 시야가 넓어진 것인지도 모른다.

최근 몇 년간 한국 언론을 통해 가장 많이 접한 단어 중 하나가 '혐오'이다. 오늘날을 혐오의 시대라 부르기도 한단다. 여성 혐오, 남성 혐오, 동성애 혐오, 종교 혐오, 동물 혐오를 넘어 사람에게 벌레 충蟲자를 붙여 부르기도 한다.

OCN 드라마 〈보이스 시즌 2〉는 우리 사회에 만연한 여러 혐오 범죄를 중심으로 사건이 진행된다. 현실을 최대한으로 반영하려고 노력했다는 이 드라마에는 거대한 혐오 범죄 집단이 등장하는데, 구성원들은 자신들끼리 세상에 도움이 되지 않는다고 판단한 사람들을 벌레라 부르며 이른바 벌레 몰살 작전을 펼친다.

드라마에서는 한 번이라도 증오와 혐오의 표적이 된 사람은 타인에 대해 극심한 공포를 느끼게 된다. 하지만 벌레 몰살 작전을 수행하는 범죄자들 역시 어린 시절 누군가로부터 혐오의 대상이 되어 심각한 트라우마를 겪은 이들이다. 이 범죄자들이 혐오하는 사람들 역시 알고 보면 과거의 자신과 똑같은 상처를 가진 약자인 셈이다. 타인에게 무자비하게 가하는 혐오가 절대 이해될 수도, 정당화될 수도 없는 이유다. 자신의 생각이나 입장과 조금만 달라도 벌레라고 부르는 사회에서 과연 우리가 행복할 수 있을지 회의가 들 정도로, 우리는 혐오가 만연한 세상을 살고 있다.

하루는 민사고 후배와 대화를 나누던 중 이 문제와 관련해 길게 토론을 한 적이 있다. 정치학을 공부하는 후배에게 그럼 정치학에서 제시하는 혐오 해결책은 무엇이고, 너는 그 해답에 대해 어떻게 생각하느냐고 물었다. 후배는 잠자코 고민하더니 정치학뿐 아니라 여러 학계에서 전반적으로 제시하는 답이 '대화'라고 했다.

오늘날에는 1인 가구, 비혼주의, 딩크족, 홈족, 단계별 채식주의,

수많은 취미생활 등 온갖 라이프스타일과 취향이 넘쳐나서 서로의 차이를 더 잘 이해할 것 같지만, 오히려 나와 조금이라도 다른 사람을 스트레스로 여긴다고 한다. 그러다 보니 최소한의 이해조차 하지 않으려고 피하기만 하는 것 같다는 게 후배의 의견이었다. 이럴수록 서로를 향한 오해는 커져가고 비난과 혐오는 쌓여갈 수밖에 없다.

나는 모든 사람은 서로에게 타인이고, 따라서 진솔한 대화 없이 세상과 사람을 이해하기 힘들다고 생각한다. 혼자 사는 게 편하다고 생각할수록 나와 다른 부류에 대한 몰이해와 혐오도 커질 것이다. 이 말은 반드시 결혼을 해야 한다, 사회 생활을 해야 한다는 뜻이 절대 아니다. 누군가의 라이프스타일을 지적하고 싶은 것이 아니라 "됐어, 내가 뭣 하러 너를 이해해야 해?"라며 자꾸 벽을 치지 말았으면 좋겠다는 의미이다.

처음에는 어색하고 부담스러워도 꾸준한 대화를 통해 타인을 알아가면 어느새 자신이 누구인지도 더 잘 이해할 수 있다고 생각한다. 귀찮다고, 나와 상관없다고, 피곤하다고, 골치 아프다고 대화하고 의견을 나누기를 거부한 채 마음을 닫는 데만 급급하다면, 나와 다른 존재는 나에게 더 공포스럽고 혐오스러운 대상이 될 것이다. 나 또한 타인에게 그런 존재가 될 것이다.

심각하고 뿌리 깊은 문제를 앞에 두고 "우리 대화하자" 하는 건 너무 빤한 답변일 수도 있다. 하지만 상대방을 진심으로 이해하기 위해 노력하면서 대화를 이어가기란 절대 쉬운 일이 아니다.

나는 앞으로도 내가 이해하기 힘든 사람들, 받아들이기 어려운 주제들, 인정하고 싶지 않은 문제들을 만나면 쉽게 외면하지 않고 소통하기 위해 노력할 것이다. 이 글을 읽는 분들 중에 나와 같은 생각을 하는 분이 한 명이라도 있으면 좋겠다. 한두 명이라도 모여 이 슬픈 혐오의 시대를 조금이나마 빨리 끝낼 수 있으면 좋겠다.

책이 있어 내가 더
나다워질 수 있었습니다

이 책을 끝까지 읽어주신 분들은 알겠지만, 나는 감정적으로 무난한 삶을 살아오진 않았다. 때로는 사회가 만든, 때로는 스스로 만든 작고 어두운 공간 속에 쭈그리고 앉아 울음을 터뜨린 밤이 얼마나 많은지 다 셀 수가 없다. 지금도 여전히 나 자신에 대한 기대와 스트레스를 오가며 괴로워할 때가 많지만, 어떻게 하면 마음을 진정시킬 수 있는지 계속 배워나가고 있다.

분명한 것은, 과거에 비하면 정말 많이 나아졌다는 것이다. 사람마다 스트레스와 긴장, 부담감에서 벗어나는 방법은 다르겠지만, 나는 책을 읽고 글을 쓰면서 위로와 치유를 받을 수 있었다. 괴로울 때마다 머리맡에 있는 책을 펼치고 책이 이끄는 세계로 정신없이 빠져들었다. 때로는 유쾌한 책을 읽으면서 머리를 비우고, 때로는 깊은 공감을 끌어내는 책을 통해 위로를 받았다. 작년부터 쓰기 시작한 서평과 일기는 내 안에 깊게 박혀 있던 외로움을 더 빠르게 해소할 수 있게 해주었다.

SNS에 공개한 서평들 덕분에 새로운 이들을 알게 되고 책 선물도 자주 하면서 더 많은 사람들과 마음을 나누게 되었다. 내 덕분에 몇 년 만에 책을 읽는다, 요즘도 책 선물을 하는 사람이 있다는 걸 알았다면서 덕분에 좋은 책을 소개받아 기쁘다는 분들도 많이 만났다. 내가 사랑하는 책이 다른 사람에게 가서 그에게도 행복과 편안함, 깨달음을 줄 수 있다는 게 정말 매력적이다.

나에게 책을 받은 분들 중에는 본인이 읽었던 좋은 책을 선물로 보내주시는 경우도 있다. 그럴 때마다 놀라고, 설레고, 감사하게 되는 마음은 절대 못 잊을 것 같다. 선물받은 책을 읽고 서평을 남기면 또 다른 사람들이 이 책의 존재를 알게 되는데, 나는 이 선순환이 좋다. 나의 인생 책이 너의 인생 책이 되고 너의 사색과 감동이 나의 것, 더 나아가 우리의 것이 되어가는 과정이 신비롭다. 나에게 책 읽기와 글쓰기는 나를 세상과 사람과 연결시켜주는 수단이자 도구이다.

돌이켜보면, 이 글을 쓰던 시기가 내 인생에서 가장 안정적인 시기이지 않았나 싶다. 원고를 마무리하고 나면 다시 우울의 늪에 빠져 허우적거릴까 봐 두려워질 정도였다. 그럴 때면 어릴 때 몇 번을 읽으면서도 그 당시 내가 어떤 생각을 했는지 잘 기억하지 못하는, 헤르만 헤세의 《데미안》을 펼치곤 했다.

어린 시절의 나도 지금과 같은 감동을 받았었나 싶을 정도로, 《데미안》은 내 영혼을 사로잡은 강렬한 작품이다. 만약 어린 시절의 내가 지금과 같은 감동을 받았더라면 나는 덜 헤매고 덜 아파하지 않았을까 싶으면서도, 지금 이렇게 큰 감동을 받지는 못했겠구나 싶기도 하다. 너무나 다양한 메시지가 담겨 있어 아마 읽는 분들마다 저마다 다른 부분에서 감동을 받지 않을까 조심스레 짐작해본다. 그러니 이 소감은 지극히 개인적이고 솔직한 내 감상이라는 점을 기억해주시면 좋겠다.

사려 깊고 배려 넘치고 청렴결백하게 사는 것이 인생의 가장 중요한 목표라고 믿으며 스스로를 억누르던 싱클레어는, 어느 순간 '악'이라고 짐작되는 꿈을 꾸면서 자신이 타락해가는 것 같다고 느끼게 된다. 스스로도 이해할 수 없는 행동을 하면서 큰 혼란을 느끼던 싱클레어는, 데미안과의 꾸준한 교류를 통해 차차 진정한 자신을 찾아나간다. 많은 평론가들의 이론처럼 심리학자 칼 융의 자기화selfhood라는 개념이 《데미안》의 핵심을 이루고 있지 않을까 싶다. 자아를 잃을 수밖에 없었던, 모두의 삶을 돌이킬 수 없을 정도로 뒤흔들어버린 제1차 세계대전 전후 시대의 독자들이 어떻게 《데미안》을 사랑하지 않을 수 있었을까.

우리는 서로를 이해할 수 있다. 그러나 삶의 의미를 해석할 수 있는 건 자기 자신뿐이다.

We can understand one another, but each of us is able to interpret himself to himself alone.

금지된 것은 영원한 게 아니야. 변할 수도 있는 거야.

What is forbidden, in other words, is not something eternal; it can change.

난 단지 내 꿈속에서 살고 있을 뿐이야. 그 점을 네가 느낀 모양이구나. 다른 사람들도 역시 꿈속에서 살긴 하지만, 자신의 꿈속에서 살지 않는다는 점이 나와 다른 점이야.

I live in my dreams. Other people live in dreams, but not in their own. That's the difference.

그는 사랑을 했다. 자기 자신을 발견한 것이었다. 그러나 대부분의 사람은 자기를 잃어버리기 위한 사랑을 한다.

He had loved and had found himself. But most people love to lose themselves.

내가 오랫동안 많은 상처를 받고 반성하며 깨달은 끝에 이제야 가슴속에 새기게 된 깨달음을, 작가는 이미 100여 년 전에 이 작품에 남겨두었다. 《데미안》을 처음 읽었을 때 이 가르침들을 마음에 잘 담아뒀더라면 하는 아쉬움이 남는다.

물론 《데미안》의 메시지를 '인생이란 자기 자신을 찾아가는 여정'이라고만 설명하기에는 뭔가 살짝 부족하다고 생각한다. 평생에 걸쳐 자신을 찾으려면 태어날 때부터 완성된 형태의 내가 존재해야 하는데, 개인적으로 이런 가설에는 반대한다. 인간은 성장하면서 수많은 선택과 취향을 갖게 되고, 이런 시간이 거듭되면서 진정한 자신을 궁금해하니까. 결국 인생이란 자신을 완성해감과 동시에 보이지 않는 나를 찾아가는 여정이라고 할 수 있지 않을까.

내 인생의 궁극적인 목적이 자아성찰과 자기발견이라 해도, 나는 나의 내면만 들여다보면서 살고 싶지는 않다. 지금까지 그래왔듯 타인과 진심을 주고받는 과정을 통해 타인은 물론 나까지 더 잘 이해할 수 있을 거라 믿기 때문이다.

그래서 나는 오늘도 책을 읽고 글을 쓴다. 이 책이 나와 타인을, 세상을 잇는 징검다리가 되어주기를 진심으로 바란다.

나는 하버드에서도 책을 읽습니다

1판 1쇄 발행 2019년 6월 5일
1판 2쇄 발행 2019년 6월 21일

지은이 윤 지
발행인 오영진 김진갑
발행처 나무의철학

책임편집 이다희
기획편집 박수진 김율리 박은화 허재희
디자인팀 안윤민 김현주
마케팅 박시현 신하은 박준서
경영지원 이혜선

출판등록 2006년 1월 11일 제313-2006-15호
주소 서울시 마포구 월드컵북로5가길 12 서교빌딩 2층
전화 02-332-3310 팩스 02-332-7741
블로그 blog.naver.com/midnightbookstore
페이스북 www.facebook.com/tornadobook

ISBN 979-11-5851-136-4   03810

나무의철학은 토네이도미디어그룹(주)의 자회사입니다.

이 도서의 국립중앙도서관 출판예정도서목록(CIP)은 서지정보유통지원시스템 홈페이지
(http://seoji.nl.go.kr)와 국가자료공동목록시스템(http://www.nl.go.kr/kolisnet)에서
이용하실 수 있습니다. (CIP제어번호: CIP2019019474)